HA
HALLO

PPY
OWEEN!

マジで
付き合う
Majide Tsukiau 15 minutes ago
15分前
小説版
著：栗ノ原草介
原作&カバーイラスト：Perico

Majide Tsukiau 15 minutes ago

CONTENTS

口絵・モノクロイラスト／吉田ばな　デザイン／モンマ蚕（ムシカゴグラフィクス）

マジで
付き合う
Majide Tsukiau 15 minutes ago
15分前
小説版
著：栗ノ原草介
原作&カバーイラスト：Perico

マジで付き合う15分前 小説版

Majide Tsukiau 15 minutes ago

Characters

祐希（ゆうき）	高校３年生。ノリで生きてる男子。
夏葉（なつは）	高校３年生。堅実に生きてる女子。
カヨコ	高校３年生。夏葉の友人。彼氏もち。
西やん	高校３年生。祐希の友人。彼女もち。
奈央（なお）	中学２年生。祐希の妹。ノリよし。
宗助（そうすけ）	中学２年生。奈央の幼なじみ。

プロローグ　マジで付き合う15分前

「祐希《ゆうき》。私ら、別れよう」


九月上旬。

夏休みが明けたばかりのファミレスで突然そんなことを言われ、祐希は耳を疑った。

ソファー席にどっかり腰かけている彼は、長身の高校生。部活は特にやっていないが、気が向いたときに筋トレ動画を見ながら体を動かしているので、それなりにがっしりとした体形をしている。過去に一度だけ告白されたことがあり、それがちょっとした自慢という、どこにでもいそうな普通の高校生だ。

テーブルを挟んで向かいに座っている女子高生は、夏葉《なつは》。

黒髪のミドルヘアーで、ポニーテールに結った髪を肩口から垂らしている。飾り気がなく、化粧も薄いが、もとの目鼻立ちが整っているので、普通に可愛《かわい》い。大学生ぐらいのバイト男子が、そばを通りかかるたびに夏葉のことをチラチラと盗み見ている。

二人とも同じ学校の制服を着ているので、傍目《はため》には放課後デートをしている高校生カップルに見えるが……。

「俺ら、付き合ってたっけ?」

「付き合ってない」

きょとんとしている祐希《ゆうき》に、夏葉《なつは》はしれっと言い放つ。

その顔には、意図してつくられたような無表情があった。

本当に言いたいことは別にあるんじゃないかと、祐希は思う。夏葉にはそういうところがあるのだ。素直じゃないというか、強気にみえて怖がりというか。なんかこう、言いづらいことを伝えるときに、遠回りをしてしまうというか。

さて、どうするか。

祐希はメニューを手にとって、料理の写真を眺める。

目の前には意味深な幼なじみ。彼女の小腹を満たし、にっこり笑顔を引き出してくれるベストチョイスは——。

「ポテト、食う?」

夏葉のほうへ目を向けて、思わずぎょっとしてしまう。

じとーっと、いかにも機嫌の悪そうな眼差しを向けられていた。まずった、この唐突な別れ話は、思った以上に真剣なものみたいだ。

「……食う」

ジト目のまま言われ、そそくさと呼び出しボタンを押した。

すぐにウェイトレスがやってきて、タラマヨポテトを頼む。

「私ら、幼なじみじゃん」

ため息をついた夏葉がつぶやくように言う。

……なにを今さら。

目をぱちくりさせていると、少しいらっとした様子で、

「付き合ってるって、噂《うわさ》されてるから」

距離を置くってこと？　そういう目で見られないように。

「つっても、噂は噂だろ？」

「――と、否定しなかったせいで、お互い決まった相手もなく、半年後には卒業するわけだけど」

「……っ」

痛いところをついてくる。どうにか表情を変えないようにこらえ、ウェイトレスが運んできたポテトを何気なくつまむ。

――俺たちは十数年来の幼なじみで、ずっとそばにいる。

子供のときは普通に親友っていう感じで、周りからもそういうふうに認識されていたと思う。

でも、中学ぐらいから。

夏葉《なつは》と一緒にいると冷やかされるようになった。

付き合っているんだろうと疑われたり、もうキスは済ませたのかと言われたり。根も葉もない憶測が噂《うわさ》話になって、勝手に広がってしまった。

まあ、放っておけばそのうち飽きて、何も言われなくなるだろう。

そう思っていたのだけど、高校生になった今でも、勘違いされることは多い。

どうやら、いつも一緒にいる男女というのは付き合っているのが〝普通〟で。

幼なじみであるというのは、一緒にいる理由にならないようだった。


「──じゃあ、付き合う？」

軽いノリで言ってみる。

ドリンクバーのアイスレモンティーのストローに口をつけていた夏葉が、一瞬だけ目を見開いた。すぐに険しい顔になり、

「〝じゃあ〟って、なに？　今さらあたしに欲情できんの？」

欲情て。

ストレートな物言いに噴き出しそうになりながら、

「ギリ、できる」

ノリよく、びしっと親指を立てて見せる。

「ギリってなに。ぶっとばすよ」

「ははっ。冗談だって、怒んなよ」

なだめるように笑いかけ、

「けどまあ、志望校違うし、卒業したら変わるだろ。お互い勝手に、いろいろさ」

今のままで卒業し、今のままじゃなくなっていく。

変えたくないと思っていても、変わってしまうものはある。

そんなことを考えていると、

「……それは、いやだなぁ」


ガヤガヤと騒々しいファミレスの店内で、か細い声が耳を打った。

くわえていたストローが、ずこっと妙な音を立ててコーラを吸い込む。

昔からよく知る少女がテーブルに頬《ほお》づえをついて、寂しげに目を伏せている。

意外と長いまつげの下、少し垂れた瞳《ひとみ》にはうっすら涙が滲《にじ》んでいて。


……そうだ、夏葉《なつは》はこういうヤツなんだ。

言いづらいことを伝えようとするときに、遠回りをしてしまう。
付き合ってもいないのに、別れようと言ってきたのは。
この関係を終わらせたいんじゃなくて——。

え、ていうかコイツ、こんなに可愛《かわい》かったっけ？

「つ……付き合ってみるか……」

勝手に言葉が、こぼれ落ちた。

「……うん」
手で隠されて、その表情はわからない。わずかにのぞく口元が、笑みのかたちに揺れたのは気のせいだろうか。

いつものファミレス。いつもの景色。
何気ない日々の延長線——。

十数年来の幼なじみと、付き合うことになった。

第1話　マジで手をつなぐ15分前

十数年来の幼なじみと付き合うことになった、帰り道。

ファミレスから歩道へとつながる階段をくだり、祐希《ゆうき》は意を決して振り返る。

「夏葉《なつは》」

気恥ずかしいので、わざとぶっきらぼうに言う。

すっと手を差し出して、

「――付き合うんだろ？」

夏葉は階段を下りる途中で足をとめ、わずかに目を見開いた。周りが暗いのでよく見えなかったが、頰《ほお》を染めていたのかもしれない。……お互い様だけど。

「……うん」

おずおずと近づいてきて、そっと指を握りしめる。

でも、

「なぜに二本？」

小指と薬指だけを、ちょこんとつまんでいる。

「慣れたら増やしていくカンジで」

　夏葉はぽそりとごまかすように言って、歩き出す。

　ぎこちない距離感に戸惑いながらも、笑ってしまいそうになる。さっきまで、いつものファミレスで、いつものようにダべっているだけだったのに。

　懐かしい感触に、そういえば、と思う。

「いつぶりだっけか……」

「手、つないで帰るの？」

「そー。七年とか、八年？」

　ちょうど帰宅ラッシュの時間で、駅へ向かう歩道はひとが多い。

　ふと、自転車が走ってくるのが見えた。

「つぶね！」

「──っ」

　とっさに夏葉の手をつかみ、ぐいっと引き寄せる。

「夏葉、もうちょいこっち側歩いたほうが……って、なんで減るんだよ」

　さっきまで二本だったのに、小指だけをきゅっとにぎりしめている。

　夏葉はこちらを振り向こうとしないが、恥ずかしそうに頬を染めているのが今度ははっきりとわかった。

「十年ぶり」

「え？」

「手をつないで帰ったの。小二のとき、運動会のあと以来だよ」

口調だけは何事もなかったように続ける。

「あー、夏葉《なつは》がこけて、鼻血出したやつ？」

言われて思い出した。ティッシュを鼻につめた、夏葉のしょんぼり顔。

こいつは昔から、大事なときにやらかしがちなのだ。

それに勝ち気なくせに、すぐにヘコむ。あのときも、慰めながら帰ったんだっけ。

……そういや、そこからだったな。

周りから「付き合ってんだろ」って冷やかされるようになって、一緒にいてもそういう素振りをみせないように気をつけるようになった。

そうしないと幼なじみの親友として、夏葉のとなりにいられないような気がしたから。

懐かしい記憶に浸っていると、

「お、ユーキ。今帰り？」

駅のホームをあがったところで、たまたま鉢合わせたクラスメイトの男子に声をかけられた。

「おー」

慌てて笑みを取り繕って、夏葉から手を放す。小指をにぎっていた小さな手を、振り払うようにして。

「じゃーな」

「また明日な」

クラスメイトにひらひら手を振って、ふうと息をつく。喉《のど》が渇いた気がして、スクールバッグからペットボトルを取り出した。

「えっと、そう、運動会以来か。夏葉はあのころからぜんぜん変わんねーな」

電車がホームに入って来る。

「祐希《ゆうき》は、変わったよ」

吹き抜ける風に、こちらを見つめる夏葉の髪がふわりと揺れ、

「――こんなに手、大きくなかったもん」


絡み合う五本の指から、あたたかさがぎゅっと伝わる。

身体の大きさも、二人の関係も。

あのころとは違うんだって、手のひらに広がる感触が、告げているかのようだった。

「――っ」

「ふふっ」

夏葉がいたずらっぽく微笑《ほほえ》んだ。目線をたどると、うっかり落としてしまったペットボトル。

「……オイコラ。なに笑ってんだ、ベンショーしろ」
「ごめんごめん。明日なんかおごるね」

たしかに俺たちは変わったけど、変わらないものもある。
夏葉《なつは》の笑顔はそのままだ。
子供のころから、ずっと好きな笑い方。
『発車します、閉まるドアにご注意ください』
ホームのアナウンスに背中を押されて歩き出す。

変わるものも、変わらないものも――。
どちらもぎゅっと握りしめ、同じ電車に乗り込んだ。

第2話　マジで離れる15分前

祐希《ゆうき》と夏葉は、同じマンションのとなりの部屋に住んでいる。

６０３号室が祐希の家で、６０２号室が夏葉の家。


「――で、祐希は私のこと、好きなわけ？」


「……え」

ファミレスから手をつないで帰宅して、マンションの廊下でそんなことを聞かれた。

「いまその話、する？　ウチの前で」

ていうか、さっきまでのいい雰囲気はどこいったの？　帰宅でリセットされる仕様なの？

「私の志望校、東京じゃん？」

夏葉が改まった声で言う。

「知ってるけど。だから？」

「……だから！　好きでもないのに遠恋とか、絶対無理。私らもともと、近さとお手軽さで成り立ってるようなもんじゃん」

「じゃあ、別れる？　短い青春だったな……」

冗談っぽく言うと、プクッと頰《ほお》をふくらませ、

「そういう適当なのやめよって、言ってんの」

これはマジなやつだ。茶化して笑うのをやめる。

夏葉《なつは》は外壁の手すりによりかかり、

「卒業まで半年ぐらいあるし、二人でいろいろ試してみてさ。それでも本気になれなかったら
……そのときは別れよう」

夜空を見上げる横顔が、なんだかすごく——綺麗《きれい》で。

ちょっとだけ、こっちもマジになった。

「〝いろいろ〟って、なに？」

細い肩に手を置いて。

振り返った夏葉は、少女のようにきょとんとして、大人のように頰を染める。

ふわりと吹いた夜の風が、金木犀《きんもくせい》のにおいを運んでくる。

カノジョになった幼なじみと、初めてのキスを——。

「そっ」

そ？

「それはさすがに……はっ、早くない？」

え？　と思ったときには、強い力でアゴを押しのけられていた。

いつもクールで表情を変えない夏葉が、プルプルと震えている。怒ったような、真っ赤な顔で、こっちを睨《にら》みつけ――。

何急にマジになってんのよバカ！　お猿なの？？　と言われたような気がした。

くるっと踵《きびす》を返して、ツカツカツカ。

早歩きで逃げるように自宅へ入り、ポツンと廊下に取り残される。

――やっちまった。キスのタイミングじゃなかった……。

さかりのついた犬みたいに思われたかもしれない。

悲鳴を上げたい気持ちをこらえて、よろよろと自宅のドアを開ける。

玄関に入ると同時に、ズシャッと膝《ひざ》から崩れ落ち、

「あーっ、もーっ、死にてーッ！」

十数年来の幼なじみではあるけれど、お互い初の彼女と彼氏。
前途多難な幕開けだった。

第3話　マジで触れ合う15分前

翌日の朝。

自室のベッドで悶々《もんもん》としたまま寝落ちしてしまった祐希《ゆうき》は、人の気配に目を覚ました。

アイツ、また勝手に……。

寝ぼけ眼をこすりつつ、身体を起こす。

「奈央《なお》。勝手に入るなって、何度言ったら——」


「あ、起きた」


妹——奈央の声じゃない。

ぎょっとして布団を跳ねのけると、

「……なんで、いんだよ」

制服姿の夏葉《なつは》が本棚のそばに立っていた。

「借りてたマンガ、返してなかったなぁって思って」

「いやいや、そんなの夜にこいよ」

「――というのは口実で」

マンガの単行本を本棚に戻した夏葉《なつは》が、ちらっと横目を向けてくる。

「昨日の今日で、祐希《ゆうき》が顔あわせづらいかもって、迎えに来た」

「――ッ!?」

たまらずシーツを握りしめる。

「……べ、べつに気にしてねーし」

ぶっきらぼうに言って目をそらす。

「へぇ……。じゃあ、奈央《なお》ちゃんに聞いたアレは幻かな？　〝深夜にわーぎゃー言いながらスマホをいじってるお兄ちゃん〟は」

ぐっと、こぼれそうになる悲鳴をどうにか飲み込んだ。

昨日の夜はどうにも落ち着かなくて、ずっとスマホをいじってた。〝キス　タイミング〟という恥ずかしい検索履歴がスマホに残ってる。

「祐希って、悩んだときネットに頼るよね。前に奈央ちゃんと喧嘩《けんか》したときも、仲直りの方法スマホで調べてたでしょ」

「……」

見事に図星をつかれているので、うかつなことを言えない。

するとと夏葉がついと顔をそらし、

「――イヤじゃなかったよ」

「え」

本棚から離れた夏葉《なつは》が、かけ布団をどかしてベッドのとなりにそっと腰かける。ふわりと、慣れ親しんだ香りが鼻をくすぐる。

「昨日の……びっくりしたけど、イヤじゃなかった」

窓から差し込む柔らかい朝日のなかで。

――ごめんね、素直じゃなくて。

今度はそう言われたような気がした。

「あんなふうに、ときどき失敗しながら、ゆっくり確かめていこうよ」

幼なじみの女の子が、見慣れた笑顔ではにかむ。

「祐希《ゆうき》と私――ふたりで、さ」


そっか、俺……。

ちょっと無理してたのかも。

カレシになったんだから、カレシらしくしなくちゃダメだって。

幼なじみのままじゃ、ダメなんだって。

「それ、伝えにきた」

小さく肩をすくめた夏葉が、立ち上がろうとする。

「あ、あの」

「ん？」

「その……」

言いたいことがあるのに、上手く言葉が出てこない。それでも伝えたい気持ちがあって、なんだかすごくもどかしくなって――気づけば、身体が動いてた。

「ちょっ!?」

戸惑った声にハッとする。

――なんで俺、夏葉のこと抱きしめてんだ……ッ!?

これじゃぜんぜん懲りてないというか、やっぱりお猿確定というか……。

「……これって、ゆっくり？」

思いのほか、やわらかい声に驚く。

「お、俺的には」

「……そ」

背中に――優しく手が回る。

「――っ」

胸にじわっと温かいものが込み上げて、俺は思わず夏葉《なつは》をより強く抱きしめ——。

「お兄ちゃん！　いつまで寝てんの!!」

バーン！とドアが開け放たれて、妹の奈央《なお》が踏み込んできた。

中学のセーラー服に、いかにも元気なショートカットがぴょこぴょこ揺れている。

「んん～？」

疑わしそうにこちらを見て——

「二人とも、またケンカしてんの？」


——あ、危ないところだった。

俺は今、ベッドから転げ落ちている。とっさに夏葉に突き飛ばされたのだ。

「ま、いいや。朝ご飯片づかないから早くきて。あと、なっちゃんもよかったら食べてって、お母さんが」

奈央は言うだけ言うと、「じゃ、早く来てねー！」と元気に駆けていった。

「……ごめん。思いっきり突き飛ばしちゃった」

気まずげな夏葉に手を貸してもらって、起き上がる。

「いや、むしろ助かった。奈央にバレたら、絶対うるせーから」

苦笑して、一緒にリビングへと向かう。

胸の鼓動と、柔らかな温《ぬく》もりの余韻を感じながら。

第4話　マジで泣き出す15分前

十数年来の幼なじみと付き合い始めたことを、公表するべきかどうか。

学校へ向かう道すがら、祐希《ゆうき》はとなりを歩く夏葉《なつは》と話し合っていた。周りに同じ制服を着ている生徒は見当たらないが、念のために小さな声で。

「俺はどっちでもいいけど、夏葉は？」

「んー。かよちんと西やんには話しておきたい」

二人はよく一緒に遊んでいる友人で、かよちん――カヨコは夏葉の親友。西やんは男子で祐希と仲がいい。

「まずはそこからだよな」

「うん」


というわけで、その日の昼休み。

グラウンドの片隅にあるベンチに、カヨコと西やんの二人を連れ出した。

「――えっ、付き合うことになった⁉」

カヨコのリアクションは想像以上で、驚きのあまりベンチから立ち上がっていた。

「まあ、成り行きで……」と夏葉が恥ずかしそうに頰《ほお》を染める。

「おめでとーっ！　よかったね、夏葉！」

嬉《うれ》しそうに抱きついたカヨコは、夏葉と比べると派手な印象の女子だ。制服を着崩して、赤茶色に染めた髪をくるんとカールさせている。メイクも夏葉よりきっちりやっている——と思う。そこらへんについては詳しくないから、あくまでもなんとなくのイメージだけど。

「祐希も、おめでとう」

と、カヨコと並んでベンチに座っている男子——西やんが微笑《ほほえ》みかけてきた。

「ありがとう……で、いいのか？」

「いいんじゃん？」

西やんは黒髪を左右にわけて、こじゃれたメガネをかけている。ぱっと見の印象は〝爽《さわ》やか系優等生〟という感じだが、その外見に騙《だま》されてはいけない。

「悩みごとがあったら相談してくれよ。なんたってオレは〝先輩〟だからな」

「お、おう」

西やんは同級生だが、中学のころからカヨコと付き合っている〝カップルの先輩〟だ。それでいて成績もいいのだから、世の中不公平だと思う。……単に俺が勉強苦手なだけかもしれんけど。

「——ってか、あんたら今さらハグとかキスとかできんの？　幼なじみ同士でさ」

そう言ったカヨコが、ニンマリ笑いかけてくる。

「ちょっと心配だったけど……まあ」

昨日は若干事故ったけど、わりとすんなりそういう雰囲気になれている感じはある。夏葉《なつは》だって、ハグをしたときに手を回してきたし。

照れくさい感触を思い出してカヨコから顔をそむけると、まずいことに夏葉も頰《ほお》を染めていた。

「え……。もう、シちゃったの？」

「してない！」

夏葉が恥ずかしそうに言うので、少しからかいたくなって、

「嘘、ちょっとした」

「祐希《ゆうき》!!」

ぼっと顔を赤らめた夏葉が、いちご牛乳のパックを握りしめる。ストローからピンク色の液体がぴゅーっと噴き出す。

「あはは。二人とも息ぴったりじゃん」

朗らかに笑うカヨコは、まるで自分のことのように嬉《うれ》しそうだった。

＊＊＊

その日の放課後。

夏葉《なつは》が職員室にプリントを出しに行ったので、祐希《ゆうき》はぼんやり窓の外を眺めつつ、その帰りを待っていた。

「祐希。夏葉は？」

かけられた声に振り向くと、カヨコが小さく手をあげながら近づいてくる。

「職員室。プリント出し忘れたって。西やん、一緒じゃないの？」

「ダーリンはトイレ行った」

ダーリン呼び、相変わらず強いな……。

と、すぐ近くまでやってきたカヨコが、相好を崩して言う。

「けど、良かったよ。二人がくっついてくれて。夏葉、ずっと気にしてたから。祐希と付き合ってるって噂《うわさ》されてんの」

少し声のトーンを落としているのは、まわりに聞こえないようにだろう。派手な見た目の割りに、カヨコって気配りができるやつだよな、と思う。

「そうなの？」

「自覚ないの？　あんた、夏の間中『カノジョほしい』が口癖だったじゃん」

「それは、まあ……」

高校最後の夏休みなのに、カノジョがいない。青春の思い出を作れない。だからずっと「カノジョほしい」といろんなところで言っていた。

「夏葉なりにいろいろ考えて、変わろうとしたんだと思うよ。——だから、さ」

カヨコは優しく笑って、

「大切にしてやりなよ」

小突くように俺の肩を叩《たた》くと、教室に入ってきた西やんのほうに歩き去っていく。

残されたひと言が、ふしぎと耳に残る。

「ごめん、お待たせ」

と、夏葉が職員室から戻ってきた。

「お、おう。行くか」

立ち上がり、ふたりで教室の戸口へ向かって歩き出す。

「……あのさ」

「ん?」

さりげなく話しかけたとき。

クラスメイトの男子——野球部の佐々木と田辺がこちらに気づいて、イタズラ好きな小学生みたいなノリで絡んできた。

「おっ、祐希《ゆうき》。今日もカノジョと一緒か?」

「お前らほんと仲いいなー」

「あのなぁ……」

思わず呆れ顔になると、

「へいへい、わかってるって。ただの幼なじみだろ?」

「本当に付き合ってたら面白いのに」

中学のころから、こんなやり取りが毎日のように行われている。

けど、今日はなんだか引っかかる。

ふととなりを見ると、夏葉《なつは》はなんとも言えない無表情で顔を伏せていた。

すっかり見慣れた、でも見慣れたくない顔。

——そうだよな。

すぐ近くにいるのに無視されて、外野からは雑にからかわれて。

そんなの、たまらないよな。

「あのさ!」

だから、ちゃんと言っておく。

変わりたいと思っているのは、夏葉だけじゃないんだって。

「噂《うわさ》じゃねーから。ちゃんと付き合ってるから！」


となりで息を呑んだ気配がした。

佐々木と田辺は、心底驚いた顔であんぐり口を開け、

「え、え、マジかよ！　なんだよ、やっぱカノジョじゃん！」

「何で隠してたんだよ、祐希ー！」

駆け寄ってきた二人に背中を叩《たた》かれる。

「つい昨日からだからな。てかお前ら、痛えって！」

祝福の冷やかしを受け、しっしと手を払って追い払う。

——すると。


ぐすっ。


顔をそむけた夏葉が、ぷるぷる震えている。

「——えっ、なんで泣いてんの？」

夏葉は、かたくなに顔を見せないままブンブンと首を横に振る。違うらしい。

「でも、泣いてんじゃん」

「……うるひゃい」

強がる涙声に、思わず吹き出してしまう。

涙と鼻水を必死でこらえている顔を想像すると、おかしくて――愛《いと》しくて。

これまで、どれだけ溜め込んできたのかが、わかってしまって。

なんだろう。

よくわかんないけど……すげー嬉《うれ》しい。

「行こうぜ」

「え、ちょっと」

戸惑っている夏葉《なつは》の手をにぎる。

クラスの女子たちも気づいて「え?」という顔になる。

「祐希《ゆうき》と夏葉!?」

「あの二人、そういうこと?」

胸を張って堂々と、伝えてやりたいと思った。

ずっと幼なじみだった女の子と――付き合い始めたんだって。

第5話　マジで降られる15分前

夏葉と手をつないで歩く帰り道。

なんだかフシギな感じだった。歩き慣れた通学路のはずなのに、初めてここを歩くみたいにそわそわしてしまう。

と、ぽつりと頰《ほお》に水滴が当たる。

「あ、雨」

夏葉がつぶやいた。

空へ目をやると、夏の最後の生き残りみたいな入道雲が、上空にべったりと広がっている。

生ぬるく湿った風に、濃厚な土の匂い。

ポツ、ポツ、ポツン——ザァァアアアッ！

叩《たた》きつけるような雨音が、すべての音を蹴散《けち》らした。あっという間のドシャ降りだ。

「ひとまず避難だな！」

「うん！」

慌てて走って、公園のなかの屋根つきベンチへ駆けこんだ。

「……これは、しばらくやみそうにないね」

ハンカチで制服を拭いている夏葉《なつは》が、黒々とした空を見上げてため息をつく。

「だなぁー……」

並んで腰かけて、鞄《かばん》から取り出したフリスクを口へ放り込む。

「どーしてカサ持ってないんだよ」

「だって予報、晴れだったし。てか、なんで私が持ってる前提なわけ?」

「俺が持ってたらびっくりするだろ」

「まあね」

頭をビタ一文使わないやりとりに、妙に安心する。

雑だけど心地いい、俺たちだけの空気感。

自然とおとずれた沈黙も、気まずさのかけらもなくて。

とめどなく続く雨音が、優しく耳に染み込んでいく。

すると。


——とさっ。


何の前触れもなく。

となりに座っている夏葉が、寄りかかるように体を寄せてきた。

「——え。なんで倒れてきたの？」

「なんとなく」

って、言われましても……。

ごくり、と。

口の中にあったフリスクを、不自然なタイミングで飲み込んでいた。

リラックスしきっていた分、隙《すき》をつかれた感じ。

「今日、かよちんが、今さらキスとかハグとかできるのかって、聞いてきたから」

「あー、うん」

「ウチらほとんど姉弟みたいに育ったし。ちゃんとドキドキできるかどうか、たしかめといたほうがいいと思う」

「なるほど。雨だけにベタベタしたいと」

動揺しているのがバレないように、わざとらしく茶化すように言う。

すると夏葉はジト目になって、

「上手く言わなくていいから。そーゆーとこだぞ」

そして体だけでなく、頭をそっとかたむける。

「……っ」

二人で雨宿りをしたのは、これが初めてじゃない。その時だってベンチに並んで座って、雨音に耳をかたむけた。

でも、ぜんぜん違う。

あのときはこんな、ふわふわした気持ちにはならなかったのに。

「──おっ、カップルだ」

と、すぐ後ろで声がした。

ギクッと、恐るおそる振り返る。

「聞いたよー。付き合ってるんだって」

「お幸せにー」

クラスメイトの女子が二人、ニコニコと手を振って通りすぎていく。

「お、おう。サンキュ」

小さく手を挙げて応え、ぎこちなく笑う。

「そういえばここ、フツーに通学路だったな。めっちゃ見られてるから、いったん離れて──」

夏葉《なつは》だって、クラスの連中に冷やかされたくはないはずだ。

さりげなく腰を浮かせた瞬間。

「……いーじゃん」

「え」

「見せとけば」

開き直るように言った夏葉が、ぎゅっと腕を抱きしめてきて。

甘く揺れた瞳《ひとみ》が、いたずらっぽく俺のことを見上げる。

ちゃんとドキドキできるかどうかだって？

そんなの――答えるまでもないだろ。

「……なんで今日、そんな積極的なの？」

「嫌い？　こうゆうの」

「いや、けっこう好き」

「ふふっ」

照れくさそうに笑い、追い打ちをかけるように手のひらを握りしめてきた。

ドキドキするような、ほっとするような……。

このままずっと、雨がやまなければいいのにな、なんてことを思った。

＊　＊　＊

雨宿りを始めて、しばらく経ったころ。

夏葉《なつは》は寄りかかっていた祐希《ゆうき》から、そっと体を離した。

二人の間にあった温《ぬく》もりが消えて、なんだかすごく名残惜しい気持ちになる。でも、これ以上ここにいると帰るのが遅くなっちゃうし……。門限に厳しいお父さんに根掘り葉掘り聞かれるとやっかいだ。

「雨弱くなってきたから、そろそろ行こっか」

呼びかけに応答がない。一定のリズムで上下する胸。

まさか……。

恐るおそる顔をのぞき込む。

案の定、

「ちょ、祐希。なに寝てんの。起きてってば！」

ゆさゆさと体を揺すってみるけど、無反応。

昔からそうだ。一度寝るとぜんぜん起きないんだよな、コイツ。

……そういえば昨日、あんま寝れてないんだっけ。

今朝、祐希の家へ行ったとき。妹の奈央《なお》ちゃんが楽しそうに言っていた。

『なんかね、お兄ちゃん、帰ってきてからめっちゃしょげてんの。深夜に必死な顔して、スマホいじっててさ。あれはオンナだね。女にフラれたんだよ！　しししっ』

昨日の夜。

キスをしようとしてきた祐希をとっさに押しのけてしまった。

祐希を振ったオンナというのは、まさしく。

「――ッ！」

たまらず赤面し、寝こけた祐希の腕をそっと抱きしめる。

「……可哀想だね、祐希。私に振り回されちゃって。でもこれは、罰だから」

この夏休み、何度もしつこく「カノジョほしい」って。「それ、何回言ってんの？」なんて、
呆れた振りをしてたけど。

「私のこと、ずっと袖にしてきた罰！　卒業まであと半年、毎日ドキドキしてなよ」

ふと、祐希の声がよみがえる。

――なんで今日、そんな積極的なの？

だって。だってさ。

みんなの前で、付き合ってるって言ってくれたじゃん。

それがどんなに嬉《うれ》しかったか、祐希はわかってる？

「バカ祐希」

だからこれは、そのお礼。

本当はちゃんとしたいけど、寝ているときのほっぺにキスで――いまは我慢して。

「ううーん……」

「っ」

祐希《ゆうき》が急に身じろぎして、ビクッとする。

むにゃむにゃ言いながら、また動かなくなる。寝言だったみたいだ。

「……もう、ビックリさせないでよ」

はぁ……と安堵《あんど》の吐息をついて、大きな体に寄りかかる。

その温《ぬく》もりが、胸の鼓動が愛《いと》おしい。

ねえ、祐希。

ちゃんとドキドキできるかどうか——たしかめるまでもなかったよ。

第6話　マジで見守るカヨコと西やん

祐希と夏葉《なつは》が、肩を並べて雨宿りしているとき。

友人のカヨコは、駅前のカフェでちょっとした放課後デートを楽しんでいた。

「あの二人、上手くいくのかね」

カウンター席に並んで座る西やんが、コーヒーカップに口をつけ、雨煙る窓の向こうへクールな眼差しを投げる。

そんなカレシの横顔に惚《ほ》れぼれしつつ、

「あの二人って、祐希と夏葉?」

「うん。だってさ、ちょっと特殊じゃん?　家族みたいな近さの二人が、恋人になるっていう」

「幼なじみカップルだもんね」

「そう。それってちょっと、どんな感じなのか想像つかなくて」

カップを置いた西やんは、いつもの自然体で、

「オレ、中学でかよちんと初めて会ったときさ。うわっ、なにこの子、美人!　こんな子がカノジョだったら毎日サイコーだな――って思って、その日のうちに告白しちゃったわけだけど」

「ちょっ、やだもー。なに、急に」

いきなり嬉《うれ》しい惚気《のろけ》話をされて、ペシペシと肩を叩《たた》く。

「祐希《ゆうき》と夏葉《なつは》ちゃんって、子供のころからずっと一緒にいるわけじゃん。そういう相手を、いまさら恋人として見れんのかなって」

「あー」

その心配は、わからなくもない。

友達の時間が長いとそのぶん、ハグとかキスとか——友達以上のことをしづらくなるって話だろう。でも。

「あの二人なら大丈夫でしょ」

「そう?」

「うん」

釈然としない顔のカレシから目をそらし、チョコレートケーキにフォークを差し込んだ。

——ごめんね、ダーリン。これは女同士の秘密だから。

目を閉じて、思わずうっとりしてしまう甘さを味わいながら、ブラックコーヒーのカップに口をつける。

そう、まさにこんな感じ。

甘さと苦さ。

家族みたいな距離感と、胸のなかで膨らみ続ける衝動。

交わらない感情を両手に抱え、あの日——

夏葉は、泣いていた。

＊　＊　＊

ツクツクボウシとセミが鳴き、そのどこか物寂しい響きに、夏の終わりを意識する。

そんな八月の終わり。いつもの四人でファミレスに集まり、夏休みの宿題をやったことがあった。もっとも、真面目にペンをにぎっていたのは最初のほうだけで、途中からは何気ない雑談を楽しむだけだったが。

帰り道、祐希がキリリとした顔で、

「夏葉、先帰っててくれ」

「え？」

「俺、西やんとタピ活して帰るわ。男同士で夏の思い出つくるんだ……」

そうして、男子だけで流行りのタピオカを飲みに行ってしまった。

カレシをさらわれた格好のカヨコだったが、夏葉のほうがもっと憤慨していた。

「女子かよ！」とツッコミを入れつつ、不機嫌そうに田舎道をずんずん歩く。

毒気を抜かれたカヨコは、苦笑して夏葉《なつは》の後を追う。

せっかく二人きりなので、ずっと気になっていたことを聞いてみようと思った。

「夏葉ってさ、祐希《ゆうき》のことどう思ってるの？」

「……なに、急に」

夏葉は表情を変えず、ぽちぽちとスマホをいじっている。

「とぼけてー。さっきだけじゃないでしょ。今日、ずっと祐希にイライラしてたよね」

「だって、ムカつくじゃん」

スマホをいじる手つきが荒っぽくなった。

「カノジョほしー、カノジョほしーって、何度も何度もしつこくさぁ」

口先を尖《とが》らせる友人を、じっと見る。

自分の感情を探すような、もどかしそうな様子を、やさしく見守るように。

「さっきもさ、西やんとタピ活するから、先に帰れとか……」

キッと夕日を睨《にら》みつけ、

「私も連れてけよ！　飲みたかったよ、タピオカ!!」

「こらこら、話がそれてるぞ」

笑って、「うちらもどっか寄ってく？」と通りかかったカフェを指さした。

ラテをテイクアウトして、川原の石段に並んで腰をおろす。夕陽を反射してキラキラ光る川面がとても綺麗《きれい》だった。

「べつに……好きじゃないよ」

しばらくして、夏葉がおずおずと口を開いた。

ぎゅっと、ひざを抱える両手に力を込める。

「ただ……私は今日、けっこう楽しかったの。みんなでダベって、宿題してさ」

「うん」

「でも、そういう一日は、祐希にとって……特別じゃないんだって。思い出にはならないんだって」

「うん」

「そういうの、なんか——寂しいなって、思っただけで」

うん。そうだよね。

親友として、そういう瞬間をたくさん見てきたよ。

体育の時間に、祐希のことを目で追ってたり。夜に電話で話すときも、祐希の話題がすごく多かったり。祐希と出かけた日なんて、ちょっと聞いてよと愚痴ってくるけど、その顔を鏡で見せてあげたいなと思う。すごく嬉《うれ》しそうに笑ってるんだから。

ねえ、夏葉《なつは》。あなたは気付いてる？

「そーゆうこと考えて泣いたりするのを、〝好き〟っていうんじゃないかなぁ……」


じんわり、ほろり。

ぽろぽろと。

夏葉の目のふちから、押し隠してきた気持ちが、粒となってこぼれ落ちる。

「ほんとにいいの？　夏葉」

十数年来の幼なじみという絆《きずな》。

それをどうにかするのって、きっとすっごく怖いことだと思うけど。

「いま変えなきゃ、一生このまんまだよ」


あれから、一か月。

祐希《ゆうき》と夏葉の間で何があったのか。

いったい何が、二人の世界を変えたのか。


わからないけど、きっと。

＊＊＊

「──夏葉が勇気を出したんだよね」

「え？」

駅前のカフェ。

長い沈黙の後のつぶやきに、コーヒーカップを口元へ運んでいたダーリンがきょとんとする。

「かよちん。なにか知ってるの？」

「ううん」

二人が付き合うきっかけを、あたしは知らない。

でも、夏葉だ。

あの夕陽のなかでこぼれた涙が、実を結んでくれたんだ。

『噂《うわさ》じゃねーから。ちゃんと付き合ってるから！』

ついさっき。

学校の廊下で祐希《ゆうき》がクラスメイトに叫んでた。

きっとアイツは知らないんだろうな。

夏葉《なつは》がどれだけ、その言葉を聞きたがっていたか。

どうして泣いちゃったのか。

「なんか嬉《うれ》しそうだね、かよちん」

「ふふっ」

大好きな親友なのだ。

こぼれ落ちた涙のぶんだけ、笑顔になってほしい。

「キラキラした思い出。たくさん残せるといいなって」

「それは……オレたち？　祐希と夏葉ちゃん？」

「んー、両方♪」

そう言って笑いかけると、ダーリンは呆れたように苦笑する。

「かよちんって、欲張りさんだよね」

「そうかも」

へへっと笑い、手をつないで店の外へ出る。

すっかり長居してしまった。空ははやくも、藍色《あいいろ》に染まりつつある。

雨上がりの澄んだ空気を、胸いっぱいに吸い込んで、吐き出した。

曇って雨が降ったとしても、いつかはちゃんと星が見える。

あの二人も今ごろ、肩を並べて星を見てたりするのかな。

＊　＊　＊

「——なんで二人して爆睡してんだよ！」

祐希が走りながら慌てた声を出す。

夏葉もとなりで息を乱しつつ、

「しょーがないじゃん！　私だってあんま寝てないんだから。昨日の夜……」

「えっ。それって……」

「う、うるさい！　深く考えなくていい！」

二人ぶんの足音が、夜の町を慌ただしく駆け抜けていった。

第7話　マジでかわいい15分前

「――別にいいんじゃねーの？　普通に言ってけば」

朝の通学路。

どこからかスズメのさえずりが聞こえてくる穏やかな空気のなか、祐希《ゆうき》はあくびをかみ殺しながら言葉を返す。

となりを歩く夏葉《なつは》はしかし神妙な顔で、

「隠さなくてもいいけど、こっちからアピールする必要はないでしょ。あまり目立ちたくないし……」

「昨日は『いーじゃん、見せとけば』ってドヤ顔してたじゃん」

「あ、あれは……！　てか、ドヤ顔してないし！」

痴話喧嘩《げんか》――と言うほどでもない、些細《ささい》な口論。バレてしまった二人の関係についてどうするか。そのスタンスについて意見を闘わせていたのだった。

夏葉は慎重派なのだけど。

祐希はノリと勢いで生きているタイプ（夏葉談）なので、教室の中心で愛を叫びたいぐらいに盛り上がっている。

「付き合ってるのはホントなんだし、堂々としてればいーだろ」

そう言って、となりを歩く夏葉の手をそっと握る。

「……」

夏葉はじわっと頬《ほお》を染め、その口ぶりとは裏腹に、ぎゅっとにぎり返してきた。

「見てごらん、かよちん。初々しいよ」

と、すぐ後ろから声がする。

「あたしらにもあんなころがあったのかな」

「昔のことすぎて覚えてないね」

「ねー」

後ろを歩く友達カップルがうるさい件について。

ジト目で振り返り、

「保護者目線で見守らなくていいっての」

しかし二人はニコニコと、微笑《ほほえ》ましいものを愛でるような目を向けてくる。

完全におもちゃ扱いだな……。

すると、

「おはよー、祐希。朝からアツいな」

「早く結婚しろー！」

校門のほうからノリノリの声。

野球部の佐々木と田辺が、朝っぱらから楽しそうに冷やかしてくる。

「……」

夏葉《なつは》がぱっと手をつなぐのをやめて、ツカツカ校舎のほうへ歩き出した。

まあ待てよ、夏葉。

やられっぱなしじゃあれだから、ちょっと見せつけてやろうぜ。

ということで、その肩にガバッと腕を回し、これ見よがしに抱き寄せる。

「いーだろー。結婚式には来てくれよな！」

ニッと笑いかける先で、佐々木と田辺が愉快そうに手を叩《たた》く。

「ひゅー！」

「お幸せにー！」

うん、こういうのも悪くないな。いかにも付き合ってるって感じがする。

なんて感慨にふけっていると。

どんっ！　と突き飛ばされて尻もちをついた。

「もう、バカ!!」

真っ赤な顔で言った夏葉が、わき目もふらずに歩き去る。

「ちょ、夏葉!?」

声をかけても振り返らずに、背中が遠ざかっていく。

「ははっ、今のは祐希《ゆうき》が悪い」

「調子乗りすぎ」

「お前らが原因だろが！」

憎たらしく笑うバカ二人にヘッドロックをかけてやった。

＊＊＊

その日の放課後。

「祐希、もしかして後悔とかあったりする？」

グラウンドの片隅でいっしょに掃き掃除をしていた西やんが、さらりと聞いてきた。

「へ？　何が」

「夏葉ちゃんと付き合ってること、派手にバラしちゃってさ。めちゃ冷やかされてんじゃん」

「ああ。そのことか」

並んで近くの石段に腰をおろす。

「後悔はぜんぜんない。むしろ良かったって思ってる」

「へえ。堂々と振る舞えるようになれたから？」

「それもあるけど……」

あらためて聞かれると、それだけじゃないような気もする。

夏葉《なつは》のことを「ただの幼なじみ」って言わなくてもよくなって——。

あ、そうだ。

「夏葉が、よく笑うようになった」

実際、一番嬉《うれ》しかったのは、これかもしれない。

冷やかされるとすぐ逃げるけど、あれは照れてるだけだな。長年、夏葉を怒らせてきた俺にはわかる。間違いない。

しかし西やんは「そうか？」と首をひねる。

「ごめん。オレ、かよちんのことばっか見てるから、正直よくわからん」

「お前はホント、ブレないな……」

恥ずかしげもなく惚気《のろけ》る友人に呆れていると、

「でもさ、祐希《ゆうき》だって同じだろ」

「？」

西やんがへらりと笑い、

「夏葉ちゃんのことばっか見てるから、ちょっとした変化に気づくことができる」

キラッとメガネを光らせて、したり顔でうんうんと。

「そうかそうか。カレシの目にはそういうふうに見えるのか」

「うぐっ……」

やっぱり恥ずかしいけど、こうなりゃ勢いだ。ちゃんと付き合ってんだから、惚気《のろけ》たっていいんだよな。

「夏葉《なつは》ってさ、学校ではムスッとしてること、多かったんだよ。表情が固いっていうか、怒ってるように見えるっつーか」

「あ——……」

西やんが何かに気づいたような声を出すけど、気にせず続ける。

「けど、付き合ってること言ってから、よく笑うようになった。笑ってればそれなりに可愛《かわい》いんだから——」

カレシとして、カノジョとして。


「ずっと笑ってりゃいいんだよ——俺のとなりで」

言い切って、我慢していた恥ずかしさに火がついた。

「……い、いま言ったの、内緒な。あいつ、なに言ってもすぐ怒るから」

西やんはなぜかニッコリと笑い、励ますようにポンポンと肩を叩《たた》いてくる。

「ちょっとゴミ捨て、行ってくるわ」

「じゃあ俺も」

「まあまあ、祐希《ゆうき》はここにいろって」

「……？」

一体なんなんだ。遠ざかっていく西やんの背中を見送っていると、

――がさっ。

後ろで物音がした。

嫌な予感を覚えながら振り返る。

「――ッ!?」

う、嘘だろ……。

ジャージ姿の夏葉が、すぐ後ろに立っていた。

「……朝、突き飛ばしちゃったこと、謝ろうと思って」

そう言って、となりに腰をおろす。

たぶん、聞かれちまったんだよな。

だって夏葉の頰《ほお》が赤い。

あの恥ずかしい惚気話を、よりにもよって本人に。

し、死にてぇ……。

無言でうつむいていると、つんつんと二の腕をつつかれて、

「笑ってれば……それなりに?」

クスッと、小悪魔めいた笑みを向けてくる。

もう観念するしかないだろ、こんなの。

「くそぉー……可愛《かわい》い」

「ふふっ。ありがと」

そして体をかたむけて、甘えるように寄りかかってきた。

付き合い始めたことをみんなに言ってから、夏葉《なつは》はよく笑うようになった。

でも、それだけじゃない。

夏葉はすごく——積極的になっている。

……これはさすがに恥ずかしいから、西やんにも言えないんだけど。

＊　＊　＊

その日の夜。

祐希《ゆうき》のスマホにこんなメッセージが届いた。

夏葉：ちょっと話があるんだけど、いま、出れる？

壁にかけられている時計へ目をやった。積極的になっている幼なじみから、深夜のお誘い。

思わずゴクリと喉《のど》を鳴らす。

ふと、公園の屋根つきベンチで雨宿りをしたときのことを思い出した。

甘えるような上目づかい。幼なじみのそれとは違った声色で、

『嫌い？　こうゆうの』

「……」

ぴこっ。

メッセージの着信音に、びくっとする。

夏葉：もう寝てる？

慌ててスマホに指を走らせる。

祐希《ゆうき》：起きてる。
夏葉《なつは》：じゃあ、ドアの前に集合。
祐希：りょうかい。

家族を起こさないように息を潜めて、忍び足で玄関へ向かう。
いや、別に。
そんなつもりじゃないと思うけど。

……少しくらい期待しても、いいよな？

第8話　マジで寝れない15分前

「もうすぐテスト期間じゃん。来週どっかで勉強しない？」

「……いーけど、話ってそれ？」

「うん」

どこかに隠れている秋の虫が、とぼけた声音でリリリリと鳴いている。

深夜のマンションの廊下。

カノジョからあまりにも色気のない提案をされて、ガクッとうなだれる。

「深夜に呼び出して勉強の話とか――ドキドキして損した!!」

「ふぅーん。ドキドキしてたんだ」

「くっ……！」

反射的にじろっと見据える先で、夏葉は何とも思ってなさそうな顔でスナック菓子をモグモグやっている。

「ゆ、許せん。男心をもてあそびやがって」

恨めし気につぶやくと、くすっと吹き出した。

「——と、いうのは口実で、本当はちょっと、声が聞きたかったんだけどね」

「え……」

そんなふうに言われて、やわらかく微笑《ほほえ》まれたら、

「許す」

「いや、ちょろいって」

思わず吹き出した二人の笑い声が、夜のマンションにからころ響いた。

「で、勉強会だけど、どこでやる？」

「ほんとにやんの？」

「当たり前でしょ。私の部屋でいい？」

まじまじと夏葉《なつは》の顔を見る。特に気負った様子はない。本当に何気なく提案しているようだけど。

「……お前んち、親帰るの遅いよな」

「？　前からそーじゃん。それなら、いつものファミレス？」

「付き合う前と変わんねーじゃん」

「じゃあ、祐希《ゆうき》の部屋」

え。

俺の部屋って……マジ？

「んんっ……それは、一番マズいような……。あーけど、奈央《なお》もいるし」

変な空気にはならないとは思うけど。

……っていうかコイツ。

カレシの部屋へ行くのがどういうことなのか、ちゃんと理解してんのか？

「心配しなくても、何もしないよ」

袋からスナック菓子を取り出した夏葉が、呑気にそんなことを言うので――。

「それは嘘でしょ。フツーにするよ」

反射的に言っていた。

「え……」

夏葉の手から菓子がこぼれ落ちる。

こいつ、マジで何も考えてなかったのか……。

てか、あれ？　この感じだと、俺がすごい下心あるやつみたいじゃない？

「し、試験勉強を、フツーに……な」

慌ててフォローする。

「あ、うん……。試験勉強、ね……」

「……」

「……」

会話が途切れ、深夜の静まり返った空気のなかで、蛍光灯がじじっと音を立てる。

「……そ、そろそろ寝よっか。場所は、明日決めよ」

「だな。もう遅いし」

夏葉《なつは》と別れて家に入り、ふぅと嘆息。ドアに背中を預けて、ひとりごちる。

「フツーに勉強なんて、できねーだろ……」

相づちを打つかのように、胸の鼓動が高鳴った。

＊　＊　＊

そうして、夜は更けていく。

祐希《ゆうき》と夏葉の、ヒミツの逢瀬《おうせ》をひた隠すように。

けれどヒミツというものは、いつの世も曝《あば》かれるもので。

まさにこのとき。二人の様子をこっそりのぞく影がいた――。

時間は少し巻き戻る。祐希が足音を忍ばせて、夏葉に会いに行こうとしていたときのこと。

自分の部屋で寝ていた妹――奈央《なお》が、ぎしりと軋《きし》む床板の音で目を覚ます。

何だろうと思い、月明かりの差し込む廊下に顔をのぞかせると、玄関へ向かう兄の背中が見えた。

――コンビニにでも行くのかな？

寝ぼけまなこで、ベッドに戻ろうとしたところ。

「ごめん。寝てた？」

「いや、起きてた」

玄関ドアが閉まる直前、そんな声が聞こえてきた。

おとなりのなっちゃん？

深夜０時を過ぎているのに、いったい何をしてるんだろう。

気になって、足音を立てないように廊下を歩き、ドアについてる魚眼レンズをのぞき込む。

お兄ちゃんが壁によりかかってる。そのとなりにはやっぱり、なっちゃんが。二人一緒にいるのはいつものことだけど、なんだか雰囲気が違う。なんというか、距離が近い。

……えっ。もしかして、そういうこと？　お兄ちゃんとなっちゃんが!?

予想外の展開に動転するけど、すぐにワクワクと胸が高鳴ってくる。

だって幼なじみの恋愛なんて、現実ではあり得ないと思ってた。みんな憧《あこが》れはするけど、ロマンチックな漫画やドラマのなかだけの世界だって。

かくいうあたしも、その一人。

少女マンガみたいな恋に、ずっと憧れてる。

でもうちの中学は、ガッチガチな校則に、いまいち盛り上がらない校内行事。きゅんきゅんする恋のイベントなんてどこにも見当たらなくて。

現実はきびしいな～って、諦《あきら》めてたんだけど！

魚眼レンズの向こうに広がる光景は、少女マンガをそのまま現実に持ってきたみたい。

まさかこんな身近なところに、特大のときめきコンテンツが隠れていたなんて……！

むふっと笑って、バレないように静かに部屋へ戻る。

幼なじみの二人が——なにより、昔からずっと見てきたこの二人が、カレカノの関係になるとか。

そんなのって、そんなのって！

——めちゃくちゃ素敵じゃん!!

ばふっとベッドに飛び込んで、足をバタバタさせる。

……よーし、決めた。

お兄ちゃん、なっちゃん。
あたしが絶対、結婚までもってってあげるからね!

第9話　マジで寄り添う15分前

深夜の密会から一週間後。

あれから二人で話し合い、祐希《ゆうき》の部屋で勉強会をすることになった。

妹の奈央《なお》がいるから変な空気にはならないだろう——そう考えての判断だったが、そのことを奈央に話したら『学校の委員会あるから遅くなるかも』と言ってきた。親も仕事で家にいないから、結局夏葉《なつは》と二人きりに。

……いやいやいや、これはただの勉強会。決してお部屋デートじゃない。

「じゃあ、とっとと始める？」

部屋に夏葉を招き入れ、祐希はあえて素っ気なく言った。

「……うん」

下校したばかりで制服を着ている夏葉もどこかぎこちない。

コイツも意識してんのか……？

お隣さんの友達として、何度もこの部屋に来たことがある。それなのにまるで初めて足を踏み入れたみたいな顔で、おずおずとカーペットに腰を下ろす。

「……いや、遠いわ」

さすがにツッコんだ。

いつもはとなりに座る夏葉《なつは》が、ローテーブルのはす向かいに陣取っている。

「となりこいよ。なんもしねーから」

手をつかんで軽く引っ張ると、夏葉はかぁっと赤くなり、その手をぱっと振りほどく。

「いい！　私、ここでいいから!!」

やっぱり意識してたのか……。

「悪かったよ、この前は変なこと言って。今日はほんとに、何もしないから」

マンションの廊下で口走ってしまった、アレな発言。

『それは嘘でしょ。フツーにするよ』

それがもたらした絶大な効果は、夏葉の座る場所はもちろん、露骨にギクシャクとした口調からも明らかだった。

「今日は幼なじみに戻ったつもりで、マジメに勉強しよーぜ」

そう言って笑いかけると、

「……うん」

ようやく安心したのか、いつものように微笑《ほほえ》んでくれた。

そしてとなりにやってきて、ノートを開いて勉強を始める。

夏葉は昔から真面目で、授業をきちんと受けるだけでなく、家に帰ってからも予習復習をしている。成績はもちろん学年トップクラス。そんな夏葉と比べられ、親からガミガミ言われたことは一度や二度じゃない。

赤点取ったら面倒だし、俺もやるか……。

数学の練習問題を睨《にら》み、クルクルとペンを回す。すぐに頭のなかで数式がこんがらがって、ワケが分からなくなってくる。

——そもそも勉強って……なんのためにするんだ？

退屈だし、面白くもなんともない。本当にこれが社会に出たとき役に立つのか？　二次関数を使えないと上司に怒られるとか、古文の読み書きができないとクレームが入るとか。そんなことは絶対にないと思うんだけどなぁ……。

「飽きた！」

ついにそう言い放ち、カーペットの上に大の字になった。

「いや、早いわ」

呆れたようなジト目を向けてくる夏葉に、ころんと寝返りをうって背を向ける。

「だってわかんねーし。もういいよ。俺、留年するから」

「こいつ……」

頭痛がするといった感じで額に手をあてる夏葉。ペンをテーブルに置くと、わざとらしい声で言う。

「あーあ。せっかくおみやげ持って来たのにな。勉強しないやつには渡せないな。残念だなー」

わかりやすい釣り針に引っかかるのは癪《しゃく》だけど。

「……なんだよ、おみやげって」

カーペットから体を起こすと、夏葉《なつは》は紙袋を守るように抱きしめて、にっと笑う。

「内緒♪　テスト範囲終わったら見せたげる」

「さては食い物だな？　見せろコノヤロー」

後ろから襲いかかるようにして、夏葉の抱える紙袋へ手を伸ばす。

「もー、ダメだって！」

「いーだろ、少しぐらい」

俺も夏葉も、子供みたいに笑っていたけれど――。

ふと、当たり前のようにじゃれ合っていることに、違和感を覚えた。

だってもう、ただの幼なじみじゃない。

「「……っ」」

真っ暗な液晶テレビの画面に、ぼんやりと二人の姿がうつり込んでいる。

まるで後ろから、抱きしめるような体勢。

そんなマンガを読んだことがある。付き合い始めたカップルが、些細《ささい》な触れ合いをきっかけに、大人の関係になってしまう。少年誌だったからエッチなシーンはぼかされていたけど、何があったのかは分かる。

いやっ、それはまずい。

ぜったい夏葉に嫌われるし、今のはほんとにそんなつもりはないし！

慌てて夏葉から離れ、テーブルに戻る。

「ごめん……」

「……うん」

気まずげに赤面し、お互いの顔から目線をそらす。

雑念から逃げるようにペンを走らせた結果、すごく充実した勉強会になった。

＊　＊　＊

夏葉が持参したおみやげは、子供のころに二人で遊んだテレビゲームだった。

「こないだ掃除してたら出てきたの」

「うわ、懐かし。よく一緒にやったよな」

テンションが上がり、昔みたいにカーペットに並んでゲームのコントローラーをにぎる。

「……今日は、ごめんね」

と、夏葉《なつは》がテレビ画面を見ながら言う。

「なんか私、いつものノリで誘っちゃったけど、前とはもう違うんだから、あまりよくなかったね」

画面に映るゲームは、あのころと変わらないけれど。

肩を並べる俺たちは、あのころと変わってしまっていて。

「今日で、幼なじみとしてここに来るのは、最後にする」

切なさと愛《いと》しさがいりまじった顔で、夏葉が笑う。

「次は――カノジョとして来るね」


「……うん」

カレシとして、喜ぶべきなんだろう。

けど、こうしてゲームをしていると、まだ子供だった夏葉が無邪気に笑う声が、どこかから聞こえてくるようで。

「ちょっと寂しいけど、俺もそれがいいと思う」

おかしいよな。

十数年来の幼なじみと付き合い始めて、それはすごく嬉《うれ》しいことなのに。

恋人として前に進めばすすむほど、置いてきたものが愛しくなるなんて。

「……夏葉」

「んー？」

だから今日は、幼なじみのままでいい。

次はカレシとして、夏葉のことを迎え入れるから。

「胸、さわっていい？」

茶化すように言って、ニッと笑う。

「は？　急に何言ってんの。フツーにヤダ」

「なんでだよ」

「こっちの台詞だよ。そういうのはキスとかした後の話でしょ」

「へー。じゃあ、キスしたら触ってもいいんだ」

ノリで夏葉のあごをくいっとやる。

「だから、えっと……。もぉっ！」

ぱしっと手を払われたかと思うと、ゲンコツが降ってきた。

「痛ァっ！」

「私は順序の話をしたの！　キスしていいなんて言ってないでしょ！」

「……はい」

真っ赤な顔でぷんすこ怒る夏葉《なつは》に、心のなかで笑いかける。

空気が読めないお調子者と、まじめな幼なじみの女の子。

こういうノリも嫌いじゃないんだけどな。

＊　＊　＊

一方そのころ。

祐希《ゆうき》の妹――奈央《なお》は、マンションから一番近いコンビニで雑誌を立ち読みしていた。かれこれ二時間近くここで時間を潰している。そろそろ足が痛くなってきたし、お腹もすいてきた。でも、うっかり帰って〝真っ最中〟だったら困るしなぁ……。

兄に言った『学校の委員会で遅くなる』というのは真っ赤な嘘。奈央は二人の恋のサポーターとして、人知れずその使命を果たしていたのだった。

……でも、何時になったら帰っても大丈夫なんだろう？

ガラス張りの壁の向こう、月明かりの下にたたずむマンションをじっと見る。

恋愛ドラマみたいにイチャイチャしてるのかな……。でも、あの二人のことだから、いつもみたいにゲームをしたり、漫画を読んでるだけってこともありそう。

「うーん……」

そのとき、スマホからメッセージの着信音がした。

スカートのポケットから取り出して画面へ目を向ける。

祐希：そろそろ晩飯食うけど、まだ帰って来ないの？

あれ……。もう終わったのかな。

奈央：なっちゃんは？　一緒に勉強してるんでしょ。

祐希：さっき親に呼ばれて帰った。いつもよりおばさんの帰りが早かったみたいで。

奈央：そうなんだ。わたしもすぐに帰るよ。

スマホをポケットに戻し、うーんと腕を組む。

これ、普通に勉強しただけっぽいよね……。ちゃんとイチャイチャできてたら、メッセージだって浮かれた感じになるはずだし。

やっぱりあたしが、もっと応援してあげないとダメだよね！

うんうんとうなずき、スカートをひるがえしてレジへ向かう。

「あの！　映画の前売り券って、ありますか」

「はい。公開日が近いものですと、こちらになります」

店員のお姉さんがレジを操作して、客用のモニターに映画のタイトルが並ぶ。

「この中で一番——やらしいヤツはどれですか？」

「や、やらしいヤツ……？　えっと、恋愛ものってこと……？」

戸惑っている女子大生ぐらいのお姉さんに、自信満々にうなずいてみせる。

「じゃあ、これかな」

モニターが切り替わり、とある映画のポスターが表示された。

『ロンドンデリーの恋人たち』

〝全米が恋した〟というキャッチフレーズがあって、有名な俳優と女優が見つめ合っている。

いかにもデートにピッタリな感じ。

「いいですね！　コレ、三枚お願いします」

「二枚じゃなくて？」

「はい。三枚です」

いまいち腑に落ちない顔をしているお姉さんから前売り券を受け取った。

二枚はもちろん、あの二人に。

そしてもう一枚は……。


「ふふっ」

カノジョになった幼なじみとの初デート。

そんなトキメキイベント、ぜったい見逃せないよね！

にひっと笑って、勢いよくコンビニを飛び出した。


あたし今、すごいことしちゃってる。

恋のドミノの一枚目を、この指でつついて倒すんだ！

跳ねるようにマンションまで走る。

自分がデートをするかのように、舞い上がって浮かれながら。

第10話　マジで待ち合う15分前

「なっちゃん、映画の券あげる。一緒にいくはずだった友達が、行けなくなっちゃって」

「いいの……？　奈央《なお》ちゃん、ありがとう」

たははと笑う奈央からチケットをもらったとき、夏葉《なつは》はとある光景を思い浮かべていた。

それは、映画やドラマで見たことのある、恋人同士の待ち合わせ。

映画館でそわそわ待っている自分。着ている服を見下ろして、似合ってるよね……？　と心のなかで何回もつぶやく。

『夏葉。お待たせ』

その声に、ドキッとする。

手早く前髪を直し、

『遅いよ、祐希《ゆうき》。待ちくたびれちゃった』

『時間どおりだろ。夏葉が早すぎんだって』

いつもみたいに茶化してくるけど、祐希も緊張してるのか、笑顔がちょっとぎこちない。でも、それがいい。幼なじみのときとは違う雰囲気が、いかにもデートっぽくてドキドキする。

……せっかく付き合い始めたんだもんね。

そういうことをやってみたい。

恋人っぽいことを、たくさん。


というわけで、学校の帰り道。

駅からマンションへ向かっているときに、何気なく切り出してみた。

「日曜さ、デートしようよ」

「えっ……」

祐希が驚いた顔で立ち止まる。

「……なに、その反応」

「いや……まさか夏葉の口から〝デート〟って単語が出るとは、思わなくて」

「デートぐらいするでしょ。つ——」

一瞬、ためらってしまい。

やっぱりまだ恥ずかしいなと思いつつ、テレを隠して言う。

「付き合ってるんだから」

「そう、だよな……」

祐希も照れくさそうに、がしがしと頭をかいて笑う。

「じゃあ、デートするか」

「……うん」

祐希《ゆうき》とこういう話をすると、うまく喋《しゃべ》れなくなる。

それは分かっているから、不自然にならないように――慎重に。

「で、待ち合わせなんだけど……現地集合にしてみない？」

「現地集合？　なんでわざわざ」

「なんかウチらの待ち合わせって、家が近すぎて待ち合わせ感ゼロなんだよね」

「あー、わかる」

徒歩ゼロ分の幼なじみ。どこかへ遊びに行く時は、お互いの家に直接出向いて声をかけていた。

「せっかく付き合い始めたんだからさ」

リュックの肩ひもを強くにぎりしめる。

「普通のカップルみたいにドキドキ待つやつ……祐希としてみたい」

そういう場面を目にするたびに、いいなあって思ってた。

だって祐希とは、近すぎて出来ないから。

でも……やっぱり変かもしれない。すぐとなりに住んでいるのに、わざわざ待ち合わせをするなんて。

「……ゴメン。子供っぽいこと言ったね。忘れて」

たんっと、一歩踏み出した。

恥ずかしさと、ひとりで勝手に浮かれていた気持ちを、その場に置き去りにして。

――でも、ぱしっと。

祐希が手をつかんで引き留めてくれた。

「俺もしてみたい。夏葉《なつは》と待ち合わせ」

こちらをまっすぐ見つめ、ドキッとするほど真剣な顔で、

「日曜日、十時に映画館の前。おめかしして待ってて」

いつもいい加減で、その場のノリで生きているくせに。

祐希はたまに。

本当にときどきだけど、こういうことを言うんだよね。

「……うん」

うなずいて、でもやっぱり恥ずかしいから、少し茶化しておく。

「〝おめかし〟って、いまどき言う？」

「それは……なんか出てきた。気にすんな」

ぷいっとそっぽを向いた頬《ほお》が赤い。ごまかしきれてなくて、思わず笑っちゃう。

「日曜日、頑張っておめかしするね」

「さっそくイジってんじゃねえ！」

――ありがとね、祐希《ゆうき》。

日曜日、楽しみだな。

＊　＊　＊

そして、デート前日の夜。

「どう、しよっかな……」

夏葉《なつは》は自分の部屋のベッドに洋服を並べ、難しい顔をしていた。

恋人になった幼なじみとの初デート。祐希に言われるまでもなく、気合いを入れるつもりだった。

デートのコーディネートについて特集されているファッション誌を開き、ためしに似た組み合わせを作ってみたりするのだが。

うーん、なんかしっくりこない……。

首をひねっていると、ガチャっとドアが開く。

「夏葉～、お風呂わいたよ」

「ちょ、お母さん!?　ノックしてよ!!」

「えー、したよー？」

「いま忙しいから、あっち行ってて」

「お風呂は？」

「あとで！」

お母さんの背中を押して、部屋から追い出す。

危なかった……デートの準備してるってバレてないよね……？

閉めたドアに背中を預け、ドキドキしている胸に手をあてる。

気を取り直し、ベッドの上に投げてしまったファッション雑誌を拾い上げる。

人生で一度きりの初デート。

最高の〝おめかし〟で祐希を驚かせてやりたい。似合ってるって、褒めてほしい。

そのためには今までの自分とは違う、何かが……。

――そうだ！

クローゼットを開く。

夏にみんなでショッピングをしたときに、大人っぽくて素敵だなと思って買ったもの。

「これなら……」

タンスの肥やしになりかけていたそれを取り出し、ベッドに並べた洋服のそばに置く。

「うん」

デートの待ち合わせをしている自分を、ようやくはっきり想像することができた。

＊＊＊

「夏葉《なつは》、お部屋でファッションショーしてたわ。やっぱりアレよ。カレシができたのよ」

リビングに戻った夏葉の母は、すっかり上機嫌。キッチンで鼻歌交じりにリンゴの皮をむき始める。

「きっと明日はデートなのね。もしかしたら初デートかも。うーん、甘酸っぱいわぁ」

反面、夏葉の父は苦虫を嚙《か》み潰したような仏頂面になっていた。

ソファーにどっかり腰かけて、新聞を広げている手にわなわなと力をこめる。

「おい……。相手は誰なんだ?」

内心の動揺を抑えつつ、どうにか冷静な声で聞いた。

リンゴを剝《む》く手をとめた妻が、天井を見上げて「んー……」と考える。

「誰かしら」

「そんな、悠長な！」

うっかり声を荒らげてしまい、誤魔化《ごまか》すように新聞を広げて顔を隠す。妻がくすっと笑い、

「詮索《せんさく》しちゃダメよ、お父さん。こういうのって、親にあれこれ言われるのが一番いやなんですからね。身に覚えがあるでしょ？」

「むぅ……」

たしかにそういうことを親に知られるのは嫌だった。しつこく聞かれて、喧嘩《けんか》になったこともある。

けど、自分が親の立場になると、やはり気になってしまうのだ。

世の中にはどうしようもない輩《やから》がたくさんいる。遊び感覚で付き合い、飽きたら別れればいいと考えている連中が。

もし夏葉がそんな男に引っかかっていたらと思うと……いてもたってもいられない。

果たして夏葉が交際している男は。

――夏葉のことを、本気で想っているのか？

「ほらもう、怖い顔になってますよ。リンゴでも食べて、落ち着いてください」

「うむ……」

苦笑する妻から、リンゴの乗った皿を受け取る。
蜜入りのリンゴはとても甘いが、苦々しい顔を緩めることはできなかった。

第11話　マジで始まる15分前

日曜日、デート当日の朝。

カノジョになった十数年来の幼なじみと――待ち合わせ。

夏葉《なつは》がやってみたいと言ったことだけど、祐希《ゆうき》もすごく楽しみにしていた。

――アイツ、どんな顔して待ってんだろ。

映画館でそわそわしている夏葉を想像するだけで、ふっと口元がほころんだ。

玄関のドアを開けると、雲一つない青空が広がっている。すっかり秋めいた風が心地いい。

うん、いい日になりそうだ。

意気揚々と家を飛びだした、そのときだった。

「大丈夫？　忘れ物ない」

「平気。行ってきます」

それは、すぐとなりのドアから聞こえた。

まさかと思って目をやると――。

「あ」

「え」

ドアが開いて、間抜けな声が重なった。

嘘だろ……。早めに出たのに——奇跡の鉢合《バッティング》わせとか!?


慌てて家に引っ込んで、力いっぱいドアを閉める。

すぐにコンコンとノックの音がした。

「リロード！　やり直し!!」

ダメ元で言ってみる。

「いや、そんなシステムないから」

「……ですよね」

諦《あきら》めてドアを開け、せめて明るく笑いかける。

「よっ。待った？」

待ち合わせのために用意していた台詞。

夏葉《なつは》はぽかんとした後、すぐにぷっと吹き出した。

「もー。形だけやってもしょうがないじゃん」

「やっぱり？」

全然しまらなくて、二人でけらけら笑い合う。

なんだかこれも、俺たちらしいよな。

＊　＊　＊

「結局また祐希《ゆうき》と出勤か～」

「夜の仕事みたいに言うなよ」

ひとの少ない休日の朝の歩道。いつものように肩を並べて駅までの道のりを歩く。

「またすりゃいいじゃん、待ち合わせぐらい」

ある意味、運命のいたずらみたいなものだ。これぱっかりは仕方がない。

夏葉《なつは》は赤信号で足をとめ、拗《す》ねた子供みたいに口をとがらせる。

「だってさ……初デートは一回しかないんだよ？」

「はは、初キスも失敗してるしな～」

笑って流そうとしたが、夏葉は気まずげに目線をそらし、

「あれは……そっちが勝手に」

「ええと、まあ。ごめん……」

ひとまず笑みは引っ込めて、それでも明るい声を出す。

「ま、この先たくさんするデートの一回目じゃん。失敗ぐらいでちょうどいいんじゃね？」

「それは……まあ」

信号が青に変わる。

――カツン。

不自然に大きくヒールの音が響き、夏葉がバランスを崩した。

とっさにぐいっと手を引いて、

「大丈夫かよ」

「う、うん……」

前かがみになった夏葉と、至近距離で目が合った。

……化粧のせいか？　なんか、いつもよりキラキラしてない？

一瞬どきっとしたことを誤魔化《ごまか》すように、そっと手を伸ばす。

「……まだ早いし、ちょっと遠回りして行くか」

「……だね」

手のひらが優しく重なる。

心地よく色づき始めた景色に、胸の鼓動を溶かし込みながら。

初めてのデートが始まった。

第12話　マジで見守る15分前

駅の階段を上がる祐希《ゆうき》と夏葉《なつは》の、少し後ろ。

柱の陰に身を潜め、二人の様子をうかがう少女の姿があった。

祐希の妹——奈央《なお》が、家を出たときからこっそり二人を尾行していたのだ。

——初デートだぁぁああ！　自腹切って映画のチケット渡した甲斐があったよ〜。

中学生の懐事情からすると、映画チケット二枚は痛い。それはもう、とっても痛い。

でも、こうして二人のデートに繋がってくれたのだから、オールオッケーだ。

『いやいや、自分の恋愛フラグもないのに、他人の色恋応援してる場合じゃないっしょ』

ふと、友達の呆れた顔を思い出す。

そりゃ、あたしだってそう思うけど、フラグを立てる相手とか見当たらないし……。

それにさ、と奈央は力強くこぶしを握る。

二人を見守りたいと思う気持ちに、あたしの恋は関係ない！


「わっ」

夏葉が駅の階段でバランスを崩し、祐希がつないだ手をぐっと引き寄せる。

「ヒール、慣れてないんだろ。ゆっくり歩けよ」

「うん……。ありがと」

祐希のことを見つめる夏葉が、わずかに頰《ほお》を染める。


と、尊ッ……！

これこれ、これなんだよ。ただの幼なじみだった二人が、恋人っぽい振る舞いを見せるこの瞬間。お金を出してでも浴びたいと思うトキメキを、摂取できちゃうんだから。

思わず涎《よだれ》がたれそうな顔でガン見していると——

「何してんだ、お前」

いきなり肩を叩《たた》かれた。

「びゃっ!!」

背中をぴーんとそらし、身構えながら振り返る。

そこには——久しぶりに見る顔があった。

「びっくりした〜。なんだ宗助《そうすけ》かぁ」

「何だとはなんだ」

黒髪の少年——宗助はいかにもクールな感じで、あまり表情を変えずに喋《しゃべ》る。その性格がファッションにも影響しているのか、シンプルな服装を好む。

「久しぶり。どーよ、私立中学は」

「別に……。お前こそ、ここで何してんの？」

宗助《そうすけ》は同じマンションに住んでいる幼なじみで、同級生。でも、別の中学に通い始めたのをきっかけに、あまり顔を合わせなくなっている。

「それがさぁ、内緒なんだけど」

にししと笑いかけると、宗助は「あっそ。ならいーや」と踵《きびす》を返す。

「……」

むぅ。そういえば宗助って、最近こんな感じなんだよね。素っ気ないって言うか、塩対応っていうか。

まったくもう、出血大サービスだぞ！

駆け出して、バックパックを引っ摑む。

「ぐえっ」

「内緒だけども！　幼なじみのよしみで、教えてあげないこともないけど!?」

「……お前な、しゃべりたいなら最初からそう言えよ」

呆れ顔で言う素直じゃない幼なじみに、にっと笑いかけてやった。

＊　＊　＊

目的地の方向が一緒だったので、同じ電車に乗り込んだ。

少し離れたところにお兄ちゃんとなっちゃんも乗っている。

こういうの、スパイ映画みたい！

バレないようにロングシートの隅に隠れつつ、にんまりしてしまう。

「へぇ……。じゃああの二人、付き合ってんだ」

「そーなの！　素敵じゃない？」

「べつに」

驚くだろうと思っていたのに、宗助は何食わぬ顔でスマホをいじりだす。

「てか、そっとしといてやれよ。プライバシーの侵害だろ」

「そんなつもりないよ。あたしはただ、見守りたいだけで」

そりゃ……ぱっと見は覗きと変わらないかもしれないけどさ。

あたしは、本当に嬉《うれ》しかったから。

昔からずっと一緒にいるお兄ちゃんとなっちゃんが、本物の好き同士になれて。

こんなに応援できる二人いないじゃん。誰より、あたしが応援しなきゃって。

気がつくと、宗助のスマホをいじる指が止まっていた。

「……同じマンションで育って、同じ学校通ってさ」

宗助《そうすけ》は、お兄ちゃんとなっちゃんのほうを見ながら、

「こんな手近で済まさなくてもいいのに、好き合って——付き合うとか」

二人は、リラックスした様子で笑い合っている。

それを見る宗助の目は、どこか——遠くの世界を見るみたいで。

「あんなの、奇跡だよ……。オレたちですら、中学あがって疎遠になったのに」

そのひと言が、意外だった。なんとも思ってなさそうだったのに。

宗助も、そうだったのかな。

ずっと一緒だったのに、違う中学校になって。

たまに会っても、同じ学校の友達と一緒だったりすると、なんだか気まずくて。目が合っても、すぐにそらしたりして。どこか違う世界のひとみたいな距離を感じていた。

幼なじみって、こんなふうに離れてくのかなって思ってたから。

だから、あの二人が付き合い始めたのが、より嬉《うれ》しかったんだと思う。

「……けど、宗助は今日、昔みたいに話しかけてくれたじゃん」

幼なじみに、ちょっとした感謝をこめて。

「ウチらもちょっとした奇跡——なんじゃない？」

そう言って笑いかけると、宗助はハッとした顔になり……すぐにぷいっと目をそらす。

えっ、なにその反応。宗助だって寂しかったんじゃないの？　それなら素直に『そうだな』って言えばいいのに、ほんっと素直じゃない！

わかったよ。

そっちがその気なら、こっちも昔のやり方でやっちゃうんだから。

「けど、宗助の言うとおりだね。覗き見はほどほどにするよ」

さらりとそう告げて、言ったそばから二人のほうをガン見する。

気持ちちょっと大げさに、

「お、お!?　ひゃ～っ、大胆！」

「えっ、なに？　キスした!?」

まんまと釣られて身を乗り出した宗助を、勝利の笑みでお出迎え。

「やっぱ興味あるんじゃん」

「――ッ!?」

たまらずかぁっと赤面し、肩をひっぱたいてきた。

にししっ。仕返し成功！

「ね、どうせヒマしてるんでしょ。一日付き合ってよ」

「いや、これから図書館に……」

「つまり、ヒマってことだよね！」

宗助《そうすけ》は呆れたような顔になる。え、違うの？

けど、一瞬。

……笑った？

「まあ、いいけど」

ぶっきらぼうな声で言って、ぷいっと目をそらす。

さては照れてるな。なんだか嬉《うれ》しくて、にししと笑う。


タタンタタンと休日の電車に揺られながら。

こっちはこっちで、幼なじみとお出かけだ。

あ、別にデートとかじゃないけどね！

第13話　マジで照れ合う15分前

映画館が開くまで時間があるから、寄り道をして行こう。

せっかくだから、デートっぽいところへ。

「――なんて言うから、海にでも連れてってくれるのかなって、期待してたのに……」

夏葉《なつは》が周囲を見回して、これ見よがしなため息をついた。

耳に馴染んだBGM。既視感のあるインテリア。いつも注文しているポテトの盛り合わせ。

「結局ここかい！　っていうね」

「バカヤロー。うちの街に海なんてねーわ」

そこは二人が学校帰りに立ち寄っているいつものファミレス。

祐希《ゆうき》だって、できることならロマンチックな場所へ連れて行きたかったが、デートは今日が初めてで、どこへ行けばいいのかピンとこない。ヒールを履いている夏葉をむやみに歩かせるわけにもいかず、無難な選択をしてしまったのだった。

「……ってか、あれだな」

ずぞぞっとジュースを吸い上げつつ、

「油断するといつもの空気に戻るな。デートっぽくないつーか」

テーブルを挟んで向かいに座っている夏葉も、思案げな顔でうなずいた。

「もっと恋人っぽい空気——出していかないと」

恋人っぽい空気？

「それって、努力して出すもんなの」

「勝手に出ないいんだからしょうがないじゃん」

言い訳をするように言って、おもむろにポテトをつまみあげる。

にっこり微笑《ほほえ》みかけながら、

「はい、あーん♪」


「……」

「……」

「え、そういうふうに出すの？　恋人っぽい空気って」

「なによ。嫌なの？」

じろりと睨《にら》まれる。あーんで圧をかけるな圧を。

とはいえ、カノジョからの初あーん。男なら誰もが夢見るシチュエーションだ。

「……嫌じゃないです」

素直に口を空けると、夏葉《なつは》も優しく微笑《ほほえ》みながら身をのりだして――。

「あれ、なっちゃん先輩？」


女子の声がした瞬間、目の前からポテトが消えた。

あらら、びっくりマジック、消えたポテトは夏葉の口のなか～……て、おい。

「こんな朝から何してるんですか～」

「やっ、あの、映画に」

失われたあーんイベントを惜しむ間もなく、二人組の女の子がテーブルのそばにやってきた。

誰、とこっそり聞くと、部活の後輩、と小声が返ってくる。

まあ学校の帰り道にあるファミレスだし、こういうニアミスもたまにあるのだが。

タイミングがなあ……。

そんな祐希《ゆうき》の思いを知ってか知らずか、後輩女子たちは興味津々といった目を向けてくる。

「ご一緒してるのは、もしかして……彼氏さんですか！」

まあ、そう思われるよな。よし、夏葉から紹介されたら、カレシとして格好よく自己紹介をしてやろう。

「ち……違う」

違うんかい！

心のなかでツッコんで、呆れたジト目を向ける。

夏葉は気づかず、わたわたと両手を振り乱し、

「祐希は、ただの幼なじみ！」

……ほほう。

じゃあただの幼なじみは、なくなったジュースを取りに失礼して――。

「ほんとですか？　なら、なんでそんなオシャレしてるんですか～」

「こ、これは、そういう気分で」

いや皆ついてきちゃうのかよ。

ドリンクバーのボタンを押しつつ嘆息する。

すると活発そうな後輩のとなりで静観していたもう一人が、奥の手をくりだすようにぴっと指を立て、

「実は私、他の先輩から聞いたことがあるんです。最近、夏葉先輩にカレシができたって」

「ッ!?　ええと、それは、そのっ……」

ニコニコと詰め寄る後輩女子たち。

気圧されるように、じりじり後ずさる夏葉。

またこいつは自分で自分の首しめて……。

ああもう、しょうがねえな。

「ごめん」

後ろから、きゅっと夏葉《なつは》の頭を抱き寄せてやる。


「今、デート中なんで——勘弁してやって」


後輩たちが手を取り合って「きゃあっ」と声をハモらせた。

夏葉は真っ赤な顔でかたまって——。

観念したかのように、ぽつりとこぼした。

「……ごめん。やっぱり彼氏、かも……」

おい可愛《かわい》いな。

「ですよね！　もぉー、なっちゃん先輩ったら、照れ屋さんなんだから」

「お邪魔しちゃってごめんなさい」

後輩二人は満足したのか、離れた席に移動していった。

……うん、これは計らずも。

出そうと思ったわけじゃないのに、思いもよらぬタイミングで。

「……恋人っぽい空気、出たな」

「……恋人っぽい空気、出たね」

目が合って、どちらともなく吹き出した。

第14話　マジで愛しい15分前

ファミレスを出てためらうことなく手をつなぎ、ヒールをはいている夏葉《なつは》に合わせてゆっくりと歩く。

大きなショッピング・モールの二階に入っている映画館に近づくと、懐かしいポップコーンのにおいがした。子供のころに家族でよく来たことを思い出す。足元はふかふかの絨毯《じゅうたん》で、天井が高い。なんだか特別感があってワクワクするんだよな。

祐希《ゆうき》が上機嫌にあたりを見回していると、

「これ、お願いします」

夏葉がバッグの中から前売り券を取り出して、チケットカウンターのお姉さんに手渡した。

「字幕と吹き替えがございますが、どちらになさいますか？」

ＯＫ、迷う余地もない。

「字幕で」「吹き替えで」

……………。

二人でにっこり顔を見合わせたあと、仕切り直すようにお姉さんに向き直る。

「字幕で」「吹き替えで」

…………………。

よーし、ぜんぜんOKじゃないな。

「いやいやお姉さん、こいつこう見えて語学インテリで。『映画吹き替えで見るやつ信じられないっ』とか前に言ってたんで。字幕でお願いします」

「いやいやお姉さん、この人普段洋画とかまったく見ないんで。字幕とかたぶん秒で寝ちゃうし、寝たら起きないんで。吹き替えでお願いします」

「あの……お客様」

「……ははは、っていうねぇ、しょーもない意地を張る女なんですよこいつは。かわいくないでしょー。字幕で」

「……ふふふ、っていうねぇ、しょーもない見栄を張る男なんですよこいつは。バカでしょー。吹き替えで」

…………。

「「は?」」

俺たちは至近距離でバチバチと火花を散らす。

だれがバカだって?　この強情っぱりめ。ほら、お姉さんも完全にこっちの味方——

「——お客様」

にこにことした、しかし鋭い口調でお姉さんが言う。

「まだ上映まで時間もありますし、おふたりでご相談してきてはいかがでしょう」

気づけば後ろに長蛇の列が出来ていた。

「「……はい」」

言外の圧を受け、俺たちはすごすごと引き下がるのだった。

恥ずかしい……。

＊＊＊

「お前、マジでいい加減にしろよ」

「いやそれ、完全にこっちのセリフだから」

広々とした映画館のロビー。

壁際のソファーで喧嘩《けんか》の続きをしながら、うんざりする。

ちょっとは恋人っぽくなれたと思ったら、すぐにこれだよ……。

なんだか色々めんどうになってきて、

「もーやめる？　洋画とか。別にそこまで観たくねーし」

「はぁ!?」

「ギスギスしながら観ても意味ねーじゃん。スポッチャでも行こーぜ」

こうなったらもう、仕切り直すしかないだろ。

返事を待たずに立ち上がると、ぐいっと腕をつかまれた。

「……ごめん、無理。今日ヒールで来たから、足痛くて」

「何でそんな靴はいて――」

反射的に言いかけて、ふと思い出す。

『恋人みたいにドキドキ待つやつ、祐希《ゆうき》としてみたい』

学校からの帰り道。

照れくさそうに夏葉《なつは》は言った。

俺はそのとき、なんて言った？　そうだ、ドギマギしながら夏葉の手をつかみ――。

『日曜日、映画館で。おめかしして待ってて』

だから夏葉は、ヒールの高い靴を履いてきた。よく見れば、真新しいアウターにスカート、首につけてるアクセだって、見たことないやつだ。

きっと、楽しみにしてくれていたんだろう。

きっと、いっぱい悩んだんだろう。

「……ごめん」

ソファーに座って、ため息をついた。

なにやってんだ、俺は。

無性に自分が情けなくなる。

——俺の隣で笑っていたらいい。こいつに、暗い顔は似合わないから。

そう思っていたはずなのに、どうしてまた、夏葉《なつは》にこんな顔をさせているんだろう。

「ねえ」

と、どこか透明な声音で、夏葉がつぶやく。

「最後にふたりで映画に来たの、いつだったか覚えてる?」

「……なに、急に。覚えてねーけど」

夏葉はふっと笑うと、何かを指さした。

「中一のときだよ。祐希《ゆうき》が福引きでチケット当ててさ」

夏葉の視線を追って、アニメ映画の宣伝ＰＯＰを見た瞬間——セミの声が聞こえたような気がした。

「私は断ったのに、祐希が毎日コナン観ようってきかなくて」

中学一年の夏休み。

商店街のくじ引きで映画の券が当たったので、一緒にいこうと声をかけた。

でも、夏葉はそのころ、すごく周りの目を気にしていて。

『行かない。また付き合ってるって、噂《うわさ》されたら嫌だし』

『んなっ……コナンだぞ、夏葉！　本当にいいのか～～～！！！』

『うるさい！』

俺だって冷やかされるのは嫌だったけど、せっかく貰ったチケットだから……夏葉と一緒に観たかった。

強引に連れ出した夏葉は、やっぱりむっつりしていたけれど――。

スクリーンを見つめる瞳《ひとみ》は、きらきらと輝いていて。

その横顔は、どうにも嬉《うれ》しそうに見えた。

「笑っちゃうよね。アニメ映画を観てた奴らが、今日はデートで洋画だもん」

――だから、数年ぶりの二人での映画館で。

「背伸び……しすぎちゃったかな」

その切なげな横顔を見たとき、今度こそ頭をブン殴られた気がした。

勢いよく立ち上がる。

「なあ、夏葉」

コナン映画の宣伝ＰＯＰを指差して、にっと笑いかける。

「今日さ、あれ観るか？」

「……え？」

十数年来の幼なじみと付き合うことになって。彼氏らしくしなくちゃいけない、変わらなきゃいけないんだって。

字幕を選んだのだって、夏葉《なつは》に合わせるべきだって。

それが彼氏ってもんだろって、勝手にかっこつけてたんだ。

――でも。


「夏葉はカノジョである前に――幼なじみの親友なんだから。

ふたりで一緒にいて楽しくなきゃ、意味ねーよな」


夏葉が笑っていて、俺も、となりで笑っていて。

そんな二人でいたいと、そう思ったから。

「祐希《ゆうき》……そう、だね」

サイドにまとめた髪を指でこねながら、夏葉が照れくさそうに肩をすくめる。

「私たちって、そういう感じなのかもね」

手をつなぐ恋人たちのシルエットが、みんな違っているように。

その付き合い方だって、同じじゃないんだろう。

「けど、チケット……せっかく奈央《なお》ちゃんがくれたのに」

「それはまた来ればいいだろ。ほら」

仰々しく、腕を差し出した。

「足、つらいんだろ？　お手をどーぞ」

「……ありがと。優しいじゃん」

「ま、彼氏ですから。あと紳士でもある」

「すぐ調子乗って」

今度こそ吹き出した夏葉が、ぎゅっと腕にしがみつく。

なんだかくすぐったくて、俺も笑う。


俺たちの初デートが、ようやくはじまった気がした。

第15話　マジでほころぶ15分前

祐希《ゆうき》と夏葉《なつは》がシアタールームへ消えた直後。

「何でコナンくん見ようとしてんの⁉」

映画館の隅から二人を見守っていた奈央《なお》が、驚きのあまりソファーから立ち上がっていた。

「さあな。見たかったんだろ」

その隣で宗助《そうすけ》は、スマホで電子書籍の小説を読みながらあっさりと言う。

実際は、ひと悶着《もんちゃく》あったみたいだからそれが理由だろうとは思ったが、あえて言うほどのことでもない。

「あたし、チケット替えてもらってくる！」

焦った奈央が、カーペットを蹴って走り出す。

宗助はスマホから目を離し、チケットカウンターで何かを必死に訴えている幼なじみをじっと見る。

……オレ、何であいつに声をかけたんだろう。

しばらく会ってなかった昔なじみをたまたま駅で見かけて、素通りしてもよかったのに、気づけば肩を叩《たた》いていた。

『宗助《そうすけ》は今日、昔みたいに話しかけてくれたじゃん』

電車のなかで奈央《なお》からそう言われたが、その理由が自分でもよくわからない。

前から何回かすれ違うことはあった。でも、あっちは今の学校の友達連れだったりして、なんだか距離を感じて――見知らぬ他人のふりをしてた。

「うう……前売り券って、その映画しか観られないんだって」

と、チケットカウンターから奈央が戻ってきた。

しょげた顔でソファーに腰を下ろし、

「せっかくのデートなのに、コナン映画じゃやらしい気持ちになれないよ！」

……なに言ってんだこいつ。

「今日のデート、失敗したぁ！　完璧な計画が、コナンに爆破されちゃったよぉーっ！」

大げさに天井をあおぎ、世界が終わってしまったような顔をする。

「いくらなんでもヘコみすぎだろ」

まわりのひとがクスクス笑っているのがちょっと恥ずかしいんだが。

「だってあのチケット、あたしが用意したんだよ？」

「え。祐希《ゆうき》さんと夏葉《なつは》さんの、二人分？」

コクリとうなずく奈央のことを、まじまじと見てしまう。

「なんでお前がそこまでしてんだよ」

「だって……」

奈央はわずかにうつむいて、むくれたようにカーペットを蹴った。

「なっちゃんとお兄ちゃんには、幸せになってほしいじゃん」

だからって、自腹を切って応援するとか……やりすぎだろ。

でも、こいつって昔からそうなんだよな。気持ちにすごく正直で、猪突猛進に突っ走るところがある。良くいえば純粋。悪くいえば単純、欲望に忠実。

ただ、今回は下世話と言われても仕方ないと思う。

「で、お前は二人がイチャイチャしているところを一人眺めて、楽しもうと思っていたわけか」

「ち、ちが――」

出鼻をくじくタイミングで、その手に握りしめている前売り券を指差してやる。

「違く、ないかも……」

気まずげに首をすくめて、目をそらす。子供みたいな仕草に笑いそうになりながら、

「っていうかお前、図書館行こうとしていたオレを無理やり誘っておきながら、一人で映画を観ようとしてたのか？　ひどい奴だな」

「ち、違うよ！　宗助も一緒にって、思ってた……かも」

嘘をつききれないところが奈央らしい。

「じゃ、観てこうぜ」

「え……」

奈央《なお》の手から前売り券をさっと奪う。

「ちょっと、そこで待ってろ」

きょとんとしている奈央を残してチケットカウンターへ行き、受付の女性に前売り券を差し出した。

「字幕と吹き替えがありますが、どちらがよろしいでしょうか」

「吹き替えで。あと、同じやつをもう一枚」

自分の券を買い足して、ポップコーンと飲み物を購入し、奈央のところへ戻る。

「映画、吹き替えでよかったよな」

奈央は一瞬きょとんとして、すぐにぱぁっと顔中で笑った。

「うん！　主役の声、山ちゃんがやっててね、すっごく評判いいの」

「飲み物、コーラでいいか」

「ありがと！　映画は頭を使うから、甘いのが欲しくなっちゃうんだよね」

くるくると目まぐるしく表情を変える奈央を見ていると、なんだか力が抜けていく。

「でも……ごめん。やっぱりあたし、強引だったよね」

「いいよ、別に」

肩を並べてシアタールームへ向かいつつ、あえて素っ気なく言った。

「オレも最近、テストばっかでストレス溜まってたし。奈央のおかげで、今日はいい気晴らしになりそうだ」

さりげない会話のなか、久しぶりに〝奈央〟と口にして。

ようやく、答えが見つかった気がした。

「ありがとな」

ふっと笑いかけると、奈央が驚いたように足を止める。

「宗助《そうすけ》……」

急にじっと見つめてくるので、頬《ほお》が熱くなってくる。

オレ、そんな変なこと言ってないよな。

奈央呼びが急すぎたか――？

「そんなに観たかったんだ、この映画！」

危うくポップコーンをこぼしそうになった。

「宗助もお年頃だね〜。ロマンチックな恋愛映画に興味があるなんて」

「お前な……」

「わかるよ。全米が恋した――とか言われると、気になっちゃうよね！」

「……まあいいよ、それで」

「？」

「行こうぜ。もう始まる」

「あ、ほんとだ」

映画の上映中。

ジェットコースターみたいに表情をころころ変える幼なじみの隣で、宗助《そうすけ》はやわらかい笑みを浮かべる。

――ほんと、こいつ見てると飽きないよな。

もうひとつの恋物語は、まだ始まったばかり――。

第16話　マジで近づく15分前

映画の上映が終わって、シアタールームが明るくなっていく。

「面白かった！」「やっぱコナンは最高だよね」「すっごくドキドキしたーっ！」

大人や子供の楽しそうな声が聞こえ、急に現実感が押し寄せてくる。夢中で観ていた映画が終わった時の、頭が切り替わっていないこの感じ。夢の途中で起こされたときの感覚に少し似ている。

「めっちゃ良かったね！　推理あり、ロマンスあり、爆破あり」

となりに座っている夏葉《なつは》が、はしゃいだ顔で両手を握りしめる。

「ああ。普通に楽しめたな」

「あ、ちょっと待って。かよちんからラインきてた」

夏葉がスマホをいじり出す。

その間に観客たちが出て行って、シアタールームが静かになっていく。自分たち以外誰もいなくなり、映画館が貸し切り状態に。

ごくりと唾を呑む。

そう、映画は終わったが、デートはまさにここからがクライマックス——。

決意をもって、隣を向く。

「夏葉《なつは》」

「ん？」

細い肩に手を置いた。

しゅばっと。

夏葉の目を見つめ、ゆっくり顔を近づけていき——。

キスの気配を察した夏葉が、すばやく一席分離れる。

「……なぜ逃げる」

「いや、だって。初デートで初キスって……。この先することなくならない？　卒業までけっこうあるし」

離れた一席分、また距離をつめつつ、

「べつに、まだいろいろ残ってるし。むしろ急がないと足りない」

「いろいろ……」

かぁっと赤くなり、

「だ、誰か見てるひと、いるかもしれないし」

「いません。もう全員出て行きました」

「映画館のひとに怒られたり」

「されません」

「やっぱり今日は――」

あははと笑って空気を変えようとする夏葉の頬《ほお》に、そっと手をそえる。

「やめません」

ここからはもう勢いだ。

でも、初めてキス未遂したあのときとは違う。

だって、今はデート中なんだ。夏葉だって本当にいやなはずは――。

「……ごめん」

でも、夏葉は。

うるんだ瞳《ひとみ》を恥ずかしそうにうつむかせ、

「心の準備っていうか……ここでは、やだ……」

「……ッ」

拒まれたのにグッとくるってどういうこと？

――じゃ、なくて！

「そ、そうだよな。俺こそ、ごめん。ちょっと、調子乗った」

必死にとりつくろったけど、頭のなかは?で埋め尽くされていた。

＊　＊　＊

その後、ショッピングモールのレストランで食事をし、ぶらぶらとお店を冷やかして回り、夕方にはマンションに帰宅した。

初デートは無事に終了したと言っていい。だけど……

「ここじゃやだって——じゃあどこならいいんだよ……っ!」

自分の部屋で机に突っ伏して、わしゃわしゃと頭をかきむしる。

最初にキスを迫ったときは『さすがに、早くない?』だった。それはそのとおりだと思うし、今では反省もしている。

けど、今日はデートで、雰囲気も良かった。

初キスのタイミングとして、悪くなかったと思うのに……。


——いったい夏葉《なつは》は。

いつ、どこで。どんなキスがしたいんだ。

＊＊＊

一方そのころ。

夏葉もまた自分の部屋で、クッションを抱きしめて悶々《もんもん》としていた。

「途中までいい雰囲気だったのに、最後思いっきり拒否ってしまった……」

だってアイツ、いっつも急なんだもん。男の子って、みんなあんな感じなの？　かよちんに聞いてみようかな。

「……」

スマホを手に取り、画面を見つめて思い悩む。

もしも私が〝お固い〟だけで、祐希《ゆうき》の感覚が普通だったら、笑われちゃうかも……。でも、付き合い始めて一か月でキスとか、やっぱり早すぎる。祐希なんて調子に乗せたら、次は胸とか触ってくるし。

 っていうか私、祐希とキスしたいのかな？

「……それは、フツーにしたい」

小さな声でつぶやいて、そのシーンを想像してしまい、クッションをぼふぼふと叩《たた》いてベッドに仰向《あおむ》けになった。

『――祐希は私のこと、好きなわけ？』

付き合い始めた夜にそう聞いた。

『私の志望校、東京じゃん？　好きでもないのに遠距離とか、絶対無理』

……だから、慎重になってるのかな。

初めてキスをする場所は、きっと思い出の場所になる。

できれば二人で過ごしてきた場所がいい。

離ればなれになっても、ちゃんと思い出せるような。

——そんな特別な、キスがしたい。

第17話　マジにならないふたりの昔話

翌日の月曜日。

グラウンドで体育の授業をしているときのこと。

「――西やんってさ、付き合ってどんくらいでカヨコとキスしたの？」

何気ない雑談のなかに、さりげなくそんな話題を忍ばせてみた。

「急にどうした？　もしかして……夏葉《なつは》ちゃんとキスしたか？」

「いや、べつに」

平静を装おうとしたが、上手くリフティングできていたボールが、明後日の方向へ転がっていく。

「ははっ。図星かよー」

西やんが愉快そうに笑う。

クラスメイトにボールを蹴り戻してもらい、気まずげに目をそらしつつ、

「しようとしたけど……うまくいかないっつーか」

「キスを迫ったけど、拒否られたってこと？」

しぶしぶうなずく。

「それはちょっと……恥ずいな」

「うるせー」

「っていうか祐希《ゆうき》、そもそもキスしたことは?」

「……ない」

高校三年でそれは少し遅い……のか? よくわからん。

「でも、告白されたことあったよな? ほら、高一んとき」

言われて、記憶がよみがえる。

舞い散る桜と、春の雨。

「あのときは——」

＊ ＊ ＊

——年頃の男女が一緒にいるには〝付き合う〟っていう理由がいるらしい。

祐希がそれを思い知ったのは、高校に入学してすぐのころ。

「ねえねえ。祐希くんって、カノジョいるの?」

委員会の集まりで、あまり話したことのなかった女子——篠宮《しのみや》から、いきなりそんなことを聞かれた。ちょっとタレ目で、髪の長い、大人っぽい雰囲気の子だ。大胆にスクールブラウスの胸のところをあけていて、目のやり場に困る。

「ほら、よく一緒にいる女の子」

上目遣いでくいっと袖を引かれて、ドキッとする。ほとんど初対面なのにやたら距離が近い。

――コイツ、俺のこと好きなんじゃ……。

って、そんなわけないよな。

苦笑して、手をパタパタと横に振る。

「カノジョって、夏葉《なつは》のこと？　ないない。アイツ、ただの幼なじみだから」

するを篠宮が笑みを深くして、

「そうなんだぁ。良かった」

「？」

「実は祐希くん……けっこうタイプなんだよね」

開け放っている窓から風が吹き込んで、桜の花びらが舞った。

「わたしと付き合わない？」

付き合うとか、別れるとか。

それがどういう手触りなのかまだ知らない、高校一年の春。

桜の季節の——ちょっとした嵐。

＊

「ええっ！　C組の篠宮《しのみや》に告られた!?」

翌日、クラスの男子にそのことを話した。

「ソフト部の可愛《かわい》い子だよな」

「祐希《ゆうき》やるじゃん。コノヤロウ！」

男子たちからはやし立てられて、へへっと自慢げに笑う。

「いやー、告られたっていうか。委員会でちょっとダべってて、なんつーか、流れ？　みたいな？」

「「うぜぇ～!!」」

頭をくしゃくしゃにされて、ヘッドロックをかけられる。

「で、付き合うのか？」

「ん～、ちょっと気持ちの整理をつけたいから考えさせてって、言っといた」

「「「やっぱ、うぜぇー!!」」」

男子たちとキャッキャとじゃれ合いながら、チラッと教室を見まわす。

離れたところで、驚いた顔をしている夏葉《なつは》と目があった。こちらの視線に気づくとすぐに目をそらし、何も聞かなかったみたいにカヨコと話し始める。

どうしてだろう。

夏葉がどう思っているか、少し気になった。

それから放課後まで、夏葉はそのことについて、一切触れてこなかった。

◇

「夏葉、悪い。今日も委員会で遅くなるから、一人で帰ってくれるか?」

帰り際、廊下でそう告げたとき。

「べつにいいけど。……てか、もうやめたほうがいいんじゃない」

何かを決意したかのような、固い声で夏葉は言う。

「カノジョできるかもしれないんでしょ?　それなのに私と帰ったら、それって浮気じゃん」

暗い顔で、何言い出すかと思えば……。

そんなこと気にしてたのか。

「浮気って、何だそれ！　付き合ってもねーのに」

いつものノリで笑い飛ばす。

「なっ、笑うとこ!?」

「だって俺ら、十五年間マジで何もないじゃん。夏葉《なつは》はぜんぜんそういうんじゃないって、ちゃんと言っとくし」

別に、俺たちの関係はこんなことじゃ変わらない。

そう安心させるように、頭をポンポン叩《たた》く。

次の瞬間——ぼこっと。

グーパンチで殴られた。


「祐希《ゆうき》がよくてもみんながいいとは限んないんだよ！　バカッ！」


パンチ自体はぜんぜん痛くない。

けど、殴られた頬《ほお》を触りつつ、走り去っていく夏葉の背中を見ていると——どこかだかわからないところがチクッと痛んだ。


俺がよくても、みんながいいとは限らない、か。

まあそりゃ、カノジョできたら、ふつう友達よりそっちと帰るわな。

みんなそうしてんだ。

それが、普通。


でも、今さら他の子と帰んのもな……。


腕を組んで考えながら、委員会の行われる教室へと向かう。

席についてすぐ、告白してきた女子――篠宮《しのみや》がこちらに気づいて駆け寄ってきた。

「祐希くん、どうしたの。元気ないじゃん」

「そう?」

「なんかあった?」

「べつにー、ぜんぜん。いつもどおり」

愛想笑いを浮かべつつ、まじまじと篠宮のことを見る。

やっぱりすごく、距離が近い。まっすぐに、じっと目を見て微笑《ほほえ》みかけてくる。

ふと、クラスメイトの声が頭のなかに響く。

『祐希やるじゃん。コノヤロウ!』

『で、付き合うのか?』

それが普通なんだよな……。

誰とも付き合ってないんだから、付き合っちゃえばいい。

篠宮《しのみや》は可愛《かわい》いと思うし、どんな奴かはよく知らないけど、嫌いではないし。

「ねえ。昨日の返事、考えてくれた？」

魅惑的に弧を描くその唇から目をそらし、「あ、えっと……」とくちごもる。


なんで俺、こんなにためらってんだ……？


そのときピシャッと、雷の音が響いた。

「夕立だ！」

「すっげえ雨……」

窓際にいる男子たちが騒ぎだす。

「びっくりしたぁ」

篠宮も窓のほうを見て胸に手を当てる。

大丈夫だよ、と。

目の前にいる女の子に声をかけようとして。

「……アイツ、傘持ってねーよな」

「え？」

立ち上がり、戸口へ向かって歩き出す。

「祐希《ゆうき》くん？　どこいくの」

「帰る」

「もう委員会、始まっちゃうよ！」

「今日はサボる！　あと――」

ドアのところで立ち止まり、肩ごしに振り返る。

「ごめん。やっぱ俺、付き合えないわ」

「え……」


「――浮気になるから」

＊　＊　＊

「――って感じで、それっきり。あれから篠宮、すぐに他の奴と付き合い始めたし、今考えるとモテたっつーか、遊ばれてただけかも」

「なるほどねー」

話を聞き終えた西やんが、嬉《うれ》しそうにニマニマしている。

「……なんだよ。その変な笑いは」

「いやぁ、ごちそうさまって思ってさ」

「ごちそうさま？」

「まさか祐希《ゆうき》が、自分から惚気《のろけ》話をしてくれる日がくるとはね」

しみじみとうなずいている西やんに、思わず小首をかしげる。

「惚気てねーだろ」

「いやいや、惚気でしょ。実はずっと夏葉《なつは》ちゃんのことが好きでした――っていう」

ニッと笑いかけられて、

「う……」

たしかに客観的に聞くと惚気にしか聞こえないかもしれない。

くそ、ただの告られ話のつもりだったのに……。

「そ、それはいいから、キスの話！　どんぐらいでカヨコとキスしたんだよ」

露骨に話をそらす。もとい、本筋に戻す。

「そうだな。聞きっぱなしじゃ悪いから、オレも惚気てしんぜよう」

「お前はいつも勝手に惚気てくるけどな」

「オレとかよちんは――」

＊　＊　＊

「――出会ったその日にシてた」

体育館。

得意げに目を閉じているカヨコのとなりで、夏葉がげんなりとしている。

夏葉も祐希と同様に、男女別になる体育の授業を狙ってキスの相談をしていたのだ。

「出会ったその日って……。なんの参考にもなんないじゃん」

「まあたしかにあたしらは、ちょっと特別かもねー」

二人は体育館の壁際で、バスケットボールの試合を眺めつつ、ツルツルとした床の上で三角座りをしている。

「出会った瞬間〝この人だ！〟って運命感じたんだけど、ダーリンのほうもそんな感じでさ、その日のうちに告白してきて」

カヨコが「きゃあ」とはしゃいだ声を上げたので、「はいはい、ごちそうさま」と肩をすくめてやりすごす。いつもこうして惚気てくるので、あしらうのに慣れてしまった。

「ちなみに夏葉は、いつから祐希のことが好きだったの」

「え」

そう言われると、いつだろう……。

「あたしとダーリンは出会ったその日に付き合い始めて、恋人として一緒にいるわけだけど。夏葉《なつは》ってずいぶん前から、祐希《ゆうき》と一緒に帰ってたよね？」

好奇心に火がついた様子のカヨコに、苦笑しながら首を振る。

「別に、好きだから一緒に帰ってたわけじゃないよ」

「そうなの？　でも、家がとなりだからって、わざわざ一緒に帰んなくない？」

「それは――」

あれは、もう何年前だろうか。

何もかもが今より大きく見えていた、子供のころの話。

となりに住んでる男の子の、強い眼差しと――優しい決意。

「祐希がね、約束してくれたの」

＊＊＊

あれは、まだ私が小学生だったころ。

学校から一人で帰って玄関のドアを開けたとき、誰もいないはずの家に違和感があった。気のせいだろうと思って、リビングを横切ろうとした瞬間。

カメラのフラッシュみたいに、雷が光った。

窓から差し込むその閃光《せんこう》が、変わり果てたリビングを映し出す。タンスの中身が床にぶちまけられて、カーペットに足跡が……。

「空き巣、ベランダをつたって入ったんですって」

「夏葉ちゃんが家にいなくてよかったわぁ。もし、犯人と鉢合わせてたら……」

「けど心配よね。ここのお宅、共働きだから」

「そうね。また来るかもしれないし」

事件を知った近所のひとたちが、マンションの廊下で心配そうに話している。ひそめられた声も、パトカーのサイレンも、どこか遠くの世界から聞こえてくるみたいだった。

私はその夜、警察の捜査が終わるまで祐希の家にいた。

祐希の手前、なんでもないふりをしていたけど、本当はすごく動揺していた。

身体は強張《こわば》っていたし、顔も能面みたいだったと思う。はらはらとそわそわが、ずっと全身を這い回ってるみたいな感覚。

「これからしばらく、お父さんかお母さんのどちらかが家にいるようにする。またこういうことがあるといけないからな」

　お父さんがそう言って、安心させるように微笑《ほほえ》みながら頭を撫でてくれた。

「でも……お仕事は?」

「そんなこと、夏葉《なつは》は気にしなくていい」

　お父さんだけでなく、そばにいたお母さんも心配いらないからと笑いかけてくる。

　二人が家に居てくれるのは嬉《うれ》しい。けど……。


「大丈夫だよ。おれが夏葉と一緒にいるから」

　そう言ったのは、祐希《ゆうき》だった。見たことないくらい真面目な顔で、大人を見据えながら。

「だからおじさんもおばさんも、心配しなくていいよ」

　お父さんとお母さんは困った顔を見合わせる。

「その気持ちは嬉しいが」

「子供だけじゃ、ねえ……」

　祐希のお母さんが「いざとなったらウチに逃げてくればいいんですから」と助け船を出してくれたけど、それでも決心がつかないようだった。

「夏葉は、どう思う?」

お父さんに聞かれ、ちらっと祐希のことを見る。さっきまでキリッとしていたかと思ったら、頭の後ろで手を組んで伸びをしている。目があって、へへっと笑う。

もう、緊張感ないなぁ……。

でも、なんだかこっちまで力が抜けてきて、自然と笑みがこぼれていた。


「祐希がいてくれたら、へーき！」


一緒にいると言ってくれたのは、みんなが困っていたからとか、たぶんそんな理由で、深い意味なんてないと思う。

それでもすごく嬉しくて……心があったかくなった感覚を、今でもはっきり覚えてる。


次の日から、祐希は約束どおり一緒に帰ってくれた。

雨の日も、雪の日も、ケンカをした日も。

学年が上がって違うクラスになっても、祐希は変わらずクラスに迎えにきてくれた。

事件から始まったそれは、やがて私たちの日常になった。

一年経ち、二年経ち、中学から高校に上がっても。

腐れ縁の幼なじみ。一緒にいるのが当たり前。

学校や友達が変わっても、そこだけはずっと変わらなかった。

だから、私はきっと――油断していたんだと思う。


「――ええっ！　Ｃ組の篠宮《しのみや》に告られた!?」

高校に入ってすぐのこと。

クラスの男子に囲まれた祐希《ゆうき》が、自慢げに笑っていた。

――祐希にカノジョができる。

いつかはこういう日がくると覚悟はしていた。していたはずだった。でも「そうなんだ。よかったね」とあっさり祝福するつもりが、祐希と目があった瞬間、目をそらしてしまった。動揺してるのバレバレじゃん、情けない。

……今さら、どうにもできないのに。

ただの幼なじみに、祐希を縛る権利なんてない。友達として背中を押すべきだ。

そう自分に言い聞かせ、どうにか気持ちを整理して。

放課後の廊下で祐希にこう言った。

「……てか、もうやめたほうがいいんじゃない。カノジョできるかもしれないんでしょ？

なのに私と帰ったら、それって浮気じゃん」

声が震えそうになるのをこらえて、淡々と。

祐希はきょとんとして、いつものノリで笑う。

「浮気って、何だそれ！　付き合ってもねーのに」

こっちの葛藤なんてまるで気づいてないみたいな様子に、無性に腹が立つ。

そうだけど、そうじゃないんだよ。

「だって俺ら、十五年間マジで何もないじゃん。夏葉《なつは》はぜんぜんそういうんじゃないって、ちゃんと言っとくし」

その茶化すような言葉が。

あまりにも二人の関係を——正確に、残酷に、射貫くものだから。

「祐希がよくてもみんながいいとは限んないんだよ！　バカッ！」


感情が暴発する。

ぎゅっと目を閉じ、走り出す。

……わかってる。バカは私だ。

わかってたんだよ。ただの幼なじみじゃ祐希のとなりにいられなくなることは。

どうすればそのポジションを、誰にも渡したくないその場所を——自分の居場所にできるのか。

わかってるくせに、私は……。


やるせない気持ちを抱えたまま、一人校門を飛び出す。

すると、そんな私をせせら笑うみたいに雨が降ってきた。

もうっ、傘持ってないのに……。

空を睨《にら》んで走り出そうとしたとき、いつも祐希《ゆうき》と寄っているファミレスが目についた。

一瞬、雨宿りをしようかと思ったけど——すぐに頭を振る。

ポツンと一人で時間をつぶすには、ここはたくさんの思い出がありすぎる。

バチャッ。

迷いを断ち切るように水たまりを踏んで駆ける。

近道をするために公園を突っ切ろうとして、視界に飛び込んできた屋根つきベンチにハッとする。

祐希と一緒に雨宿りをしたことがある。やまないねー、やまないなー、なんてやくたいのないことを言いながら、曇り空をふたりで見上げたあの時間。

ずるっと、濡れたマンホールに足を取られて転びそうになった。

「はぁ……、はぁ……」

空を見上げると、雨は強さを増す一方で、遠い稲光に身体をすくませる。

……いまごろ祐希《ゆうき》は、委員会であの子に会って、告白の返事をしているのかもしれない。

心臓をぎゅっとわしづかみにされたような痛みが走り、胸をおさえる。

私は、なにをしているんだろう。

幼なじみの立場にあぐらをかいて、引き留めることもせず、挙句、悪態ついて逃げて……。

「バカ、バカッ……私の――バカッ!!」

激しく降りしきる雨のなか、涙を散らして駅までの道を走った。

◇

「はぁ、びしょびしょ……」

ため息交じりにつぶやいて、自宅のドアにカギを差し込む。

散々雨に打たれたせいか、思いっきり走ったせいか、気持ちはだいぶ落ち着いていた。

キーホルダーのついたカギを靴箱の上に置き、ローファーを脱いで、濡れてしまったリュックを振って雨粒を落とす。その音がやけに大きく聞こえて、胸の奥がきゅっとする。

……けど、慣れないと。一人に。祐希のいない日常に。

自分に言い聞かせようとするけど、そう簡単には割り切れなくて、リュックの肩ひもを強く握りしめてしまう。

「――葉！」

と、声が聞こえたような気がした。

でも、祐希は委員会で学校、お父さんとお母さんも帰りは遅いはず。

気のせい、だよね……？

ゴクリと生唾を飲み込む。

空き巣にリビングを荒らされたあの日。あのときも雨がすごくて、ゴロゴロと雷の音が鳴っていた。

――ガチャッ！

勢いよくドアノブが回り、ドアが大きく開け放たれる。

ピシャッと雷が落ちて、陰影を強調された男の顔が――

「きゃぁぁあああああ――ッ！」

あまりの恐怖に目をつぶり、力いっぱいリュックを振り回す。

「いてぇ!?」

ボコッと手ごたえがあり、玄関にうずくまったのは。

「ゆ、祐希《ゆうき》!? もう、びっくりさせないでよ……。てか、何でいるの？ 委員会は」

「早退してきた」

「え……？」

祐希の濡れた前髪から、ポタッとしずくがしたたり落ちる。

「夏葉《なつは》が雷、怖がってるんじゃないかって」

ニッと、あのときみたいに笑う。

空き巣が入った日の夜、『おれが夏葉と一緒にいるから』と言ってくれた、少年の顔。

強ばった身体から力が抜ける。あたたかいものが流れこんでくる。

それはすごく、懐かしい感覚で——

「別に、ぜんぜん……」

あれ、なんで。

泣くつもりなんて、ないのに。ぼろぼろと、涙が止まらない。

「ほら、怖がってんじゃん。ってか、泣くほど？」

「うるひゃい……」

本当はもう雷なんて怖くないし、大抵のことは一人だって大丈夫。

それでも祐希に「もういいよ」って言えないのは、なんでなんだろう。

「……お父さんたち帰って来るまで、一緒にテレビ観てくれる？」

「ああ。今度なんか奢《おご》れよ」

もう認めないとだよね。

祐希が他の子のカレシになっちゃうのは、嫌だ。

でも、年頃の男女が一緒にいるには〝付き合う〟っていう理由がいるらしい。


それなら、私は――。

＊　＊　＊

「なるほど、ね……。意外とドラマチックな関係だったんだ」

体育館の床の上にあぐらをかいているカヨコが、冷やかすように笑いかけてくる。

「ドラマチックかどうかはわかんないけど……そういう約束があって、祐希はそれを守ってくれてたの」

「でもさぁ……それって口実だよね」

「え」

「夏葉のことが好きだから一緒にいたんでしょ。その約束を〝理由〟にしてさ」

「それは……」

どうだろう。

空き巣の事件から何ごともなく数年が過ぎて、中学生にもなれば一人で留守番をしていたところで両親が心配することはない。

それでも祐希《ゆうき》は、一緒に帰るのをやめようとは言い出さなかった。

高校になってあの告白事件があったあとは、より一層、祐希から「帰ろうぜ」と声をかけてくれるようになったような。

「……ちょっと、恥ずかしくなってきた」

「えー、いまさら？　そんなことだからキスに苦戦するんだよ」

「う……」

痛いところをついてくる。

「二回も拒否っちゃうとかさ。さすがの祐希もへコんでると思うよ？」

「そ、そうかな。大丈夫じゃない？　祐希だし」

「いやいやいやいや！」

パタパタと手を横に振ったかよちんが、秘密の噂話《うわさ》をするみたいに声を潜める。

「男子のハートって、びっくりするほど繊細だから。何かもう、あたしより乙女なんじゃないかってときあるし」

「……西やんが？」

「うん」

そう言われても、ピンとこない。かよちんよりも乙女な西やんも、繊細なハートをもった祐希も。

「夏葉《なつは》って、アレだよね……。男心が分かんないタイプでしょ」

やれやれと嘆息するように言われて「そんなことないってば！」と思わず言い返す。

「いーや、そうだね。男心がわかる女は、二回もキスを拒否って平気な顔をしない」

「だだ、だってあれは！　祐希が急すぎるから……」

声が尻すぼみになっていく。

二回も拒否ってしまったこと、悪いとは思ってるのだ。一応……。

「次は夏葉の番だね」

「何が？」

「何がって、キス」

「え、私から祐希に？」

「他に誰がすんの」

「ぜったい無理！」

ぶんぶんぶんと首を振る。

その鼻先に、ビシッと指を突きつけられた。

「でも、祐希《ゆうき》はしたんだよ。二回も」

「……っ」

そういえば、最初のキスに失敗したとき。

奈央《なお》ちゃんが言ってたな。

『お兄ちゃん、帰ってくるなり落ち込んでんの。あれは女だね。女にフラれたんだよ』

そうだ、祐希は落ち込んだんだ。

紆余《うよ》曲折あってようやく付き合い始めたカノジョに、勇気を出してキスしようとしたら拒否られて……。しかも、二度も……。

たしかに私、奥手すぎるっていうか、ちょっとひどい女かも。

はぁ——と自己嫌悪のため息を一つ。

ドンマイというように、ぽんと、背中にカヨコの手が触れた。

「ま、いい機会だし、頑張ってみなよ。お互いに歩み寄る努力をできるのがいいカップルって言うしさ」

「……うん。そうだね」

いつも味方でいてくれてありがとう。

親友と笑みを交わし、パチンと両手で頬《ほお》を叩《たた》く。

私も、もっと積極的になろう。
あのときみたいな後悔はもうしたくない。
だって今は……カノジョとして祐希のそばにいられるんだから。

第18話　マジで××する15分前

十月下旬。

カヨコの家で、ハロウィンパーティーをすることになった。

実は彼女、そんな素振りを見せてはいないが、お金持ちの娘なのである。

夏葉《なつは》はもちろん知っているので驚かないが、初めて招待されたクラスメイトはお屋敷のような家を目にして「マジかよ、豪邸じゃん……」みたいな顔になっていた。

「衣裳、いろいろ用意したから、好きなの着てね〜」

玄関でニコニコしているのはカヨコの母で、この手のイベントが大好きだ。カヨコと一緒にノリノリで準備をしている様子は母娘というより姉妹みたいで、仲のいい友達みたいな親子関係に憧《あこが》れてしまう。

——ウチの場合、お母さんはまだしも、お父さんがなぁ……。

今どき珍しい〝怖くて厳しいお父さん〟を地でいく父に、年ごろの娘として思うところがある。祐希《ゆうき》との関係を話せてないのも、反対されるのが目に見えているからだ。

——かよちんの家はお父さんもフレンドリーだし、いいなぁ。

男子たちを洋間へ案内しているカヨコの父へ目をやって、夏葉は小さくため息をついた。女子用の着替え部屋になっている和室へ行き、ハロウィンの仮装に着替えて庭へ出る。

すでにパーティーの準備は万端で、長いテーブルの上にジュースやポテトやから揚げが用意されていた。洋間で仮装に着替えた男子たちもいて、そのなかに祐希の姿もあった。

芝生を踏みしめ近づいて、その肩をトントンと叩《たた》く。

「それ、何の仮装？」

「狼男」

祐希が身につけているのは着ぐるみのようなパジャマで、フードに目と口がついている。衣裳のクオリティに不満があるのか、ぶっきらぼうな口調だった。

その子供っぽい感じがおかしくて、思わずクスッと笑ってしまう。

「狼っていうかワンちゃん？　可愛《かわい》いじゃん」

「うれしくねー。夏葉のそれ、看護婦？」

「ゾンビの看護婦。ほら、このへんとか、それっぽいでしょ」

一見すると普通のナース服だが、お腹のあたりに傷口のような染みがある。

祐希の目つきが真剣なものになり、

「夏葉、ナース服似合うな」

「男子ってみんなそうだよね」

やれやれと肩をすくめると、祐希は心外だと言わんばかりに腕を組む。

「男が全員ナース好きだと思うなよ！」

「嫌いなの？」

「めっちゃ好き」

「どっちだよ！」

ツッコミを入れて、二人でけらけら笑いあう。

あー、パーティーで舞い上がっちゃってるな。いつもよりテンションが高いのが自分でもわかる。

「あ！　お兄ちゃんとなっちゃん、いた！」

声に振り向くと、仮装した奈央《なお》ちゃんが嬉《うれ》しそうに手を振っていた。

このパーティは友人や兄弟姉妹も参加自由にしていて、奈央ちゃんも喜んで来てくれたのだ。

中世の貴婦人みたいなドレスの背中で、デフォルメされたコウモリの羽がパタパタと揺れる。うーん、可愛《かわい》い。

祐希《ゆうき》が首をかしげつつ、

「なにそれ？　コウモリ女？」

「小悪魔！　どう、似合ってる？」

胸を張ってニシシと笑う奈央ちゃんに、祐希はへらっと笑い。

「まあ、奈央っぽい」

「どーいうこと」

「こっそり悪さしそうな感じが」

「なにそれ！　もーっ!!」

　奈央ちゃんが頰《ほお》をふくらませる。ほんと、この二人は昔からこんな感じで仲いいなぁ。ひとりっ子の私としては少し羨《うらや》ましい。ま、奈央ちゃんとは私もずっと遊んできたし、実質私の妹みたいなものでもあるからいいんだけど――って、

「いや違う、そういう意味じゃないから！」

「？　どうしたの、なっちゃん？」

「いつか本当の妹になるかもとか思ったわけじゃなくて……！　え、えっと……似合ってるよ、奈央ちゃん」

　顔のほてりを誤魔化《ごまか》すように笑いかけると、奈央ちゃんは「えへへ」と嬉しそうにはにかんだ。天使すぎる。

「で、お兄ちゃんのそれは……犬？」

　奈央ちゃんがさっきの仕返しとばかりに、わざとらしく笑う。

「やっぱり犬に見えるよねー」

　視線を交わしてうなずきあう。ここらへんも昔からの阿吽《あうん》の呼吸ってやつ。

「祐希」「お兄ちゃん」

「「——お手」」


「やらねーよ！　ってか、狼男だっつーの」

祐希《ゆうき》がむくれた顔になり、奈央《なお》ちゃんと一緒に声をあげて笑った。

「おー、ハロウィンっぽくなってんじゃん」

そう言いながら近づいてきたかよちんは、三角帽子をかぶった魔女の格好だ。ミニスカートにロングブーツをはいて、すらっとした脚線美がまぶしい。

「やっぱかよちん、ミニスカート似合うね」

「ありがと。夏葉《なつは》もナース服似合ってるよ」

「それは素直に喜べないけど……」

ナース服ってコスプレみたいなものだから、ちょっとリアクションに困る。

「カヨコはいい感じだけど」

と、祐希が不満げな眼差しを西やんへと向ける。

いつものようにかよちんに寄り添っている西やんの仮装は、ミイラ男みたいな柄のTシャツだ。

「——俺たちの衣裳。何か、しょぼくね？」

それは私も思ってた。祐希の狼男パジャマといい、西やんのミイラ男Tシャツといい、コスプレセットに男女で格差があるような……。

「それが、あんまし売ってなかったんだって」

ペロッと舌を出したかよちんが、あっけらかんと言う。

「女の子向けのコスプレグッズはいろいろあるけど、男の子向けはそんなに置いてなかったみたい。だから、恨むならお店を恨んでって感じで」

「いいんだよ、かよちん！」

Tシャツミイラ男の西やんが、キザな笑みを浮かべて無駄に白い歯を光らせる。

「オレは可愛《かわい》いかよちんが見られて、大満足だから」

「ダーリン……」

じっと見つめ合った二人が、ひしっと抱き合った。

ここはハロウィンでも平常運転だなーと苦笑する。

「ま、たしかに、自分の格好とかどうでもいいけどな」

そう言った祐希が骨付きチキンを食べながら、じぃーっと目を向けてくる。

「……いや、見すぎなんだけど」

「せっかくだからナース夏葉を堪能しておこうと思って」

「言い方がやらしい！　その目つきやめろ」

「いいだろ別に、減るもんじゃねーし」

「この犬、躾《しつけ》がなってない。しっし」

「犬じゃなくて狼男だっつーの！」

そんなバカバカしいやり取りに、周りからも笑いが起こる。

ああ、楽しいな。

みんなでわいわい盛り上がる、日常から一歩はずれた夜。

パーティー好きってわけじゃないけど、たまにはこんなのも悪くない。

それからしばらくハロウィンの空気を満喫し、雑談しながらピザやポテトをつまんで過ごした。楽しい時間はすぐに過ぎていき、気づけば夜はすっかり更けている。

「あ、私、そろそろ抜けないとまずいかも。門限あるから」

アラームの鳴ったスマホを手にしてそう言うと、「あ、そーいえばそうだったね」とかよちんが魔法の杖でトントンと肩を叩《たた》く。

「もうちょっとだけいられない？　今、お母さんがビンゴの準備してるんだけど、景品けっこう豪華なの。クリスマス・イルミネーションのペアチケットとかあるんだよ」

「それは魅力的だけど……」

「夏葉《なつは》のおじさん、すげー怖いからなー」

祐希《ゆうき》がげんなりとした顔で言い、苦笑しながらうなずいた。

「前に一度、門限をやぶったことがあってね。反省文書かされたの」

「それはキツいね……」

「一緒に出掛けた――祐希が」

「祐希が!?」

きっとそれもお父さんの作戦だ。自分が罰を受けるより祐希に迷惑をかけてしまうほうが、申し訳ない気持ちになってルールを破りづらくなる。

「うちの親もノリノリでさ。かばうどころか、もっと厳しくやっちゃってくださいとか、言いやがんの」

肩をすくめた祐希がため息をついた。

「――じゃあ、あたしがお兄ちゃんとなっちゃんの分、ビンゴしてあげる！」

横で話を聞いてた奈央《なお》ちゃんが、ビシッと元気に手を挙げる。

「お前は一人で帰れないだろ。一緒に帰るぞ」

「ヤダ！　ビンゴしたい」

ぷーっと奈央ちゃんがほっぺたを膨らませる。

どうしようかなと思っていると、かよちんが魔女のステッキをくるりと回し、

「大丈夫だよ。ウチの車で送ってってあげるから」

「やった！　カヨコさん、好き！」

奈央《なお》ちゃんがかよちんに抱きついて、よしよしされている。猫かわいがりされてるなー。

「それならいいけど、カヨコに迷惑かけんなよ」

祐希《ゆうき》がぺしっと奈央ちゃんに軽くデコピンをして、

「じゃー、先に帰る？」

「そうだね」

うなずいて、二人で帰ることになった。

＊＊＊

かよちんの家からの帰り道。

「やっぱ戸建てには夢があるよな。広いし、バーベキューもできる」

「わかる。うちらずっとマンションだもんね」

パーティーの余韻が抜けなくて、私たちはマンションのエントランスに弾んだ声を響かせていた。

「けどまあ、それも卒業まであと少しの間と思えば、この狭いエレベーターもなかなかいいもんだよな」

祐希がノリと勢いでいい加減なことを言い、

「えっ、本気で言ってる？」

「今のは盛ったわ。やっぱくそ狭い」

「あははっ。ほら来たよ」

笑いながらエレベーターに乗って、ふと思う。

祐希のことを、いつもより身近に感じられている。この雰囲気は初めてじゃない。女友達と旅行へ行った帰りの恋バナとか、普段は話さないようなことまで口にしちゃうけど、次の日になるとそんな自分が恥ずかしくなるあの感じ。

祐希の言うとおりだ。卒業まであと少しの間と思えば――この見慣れたエレベーターも、どこか特別なものに見えた。


『次は夏葉《なつは》の番だね』


最後に、かよちんに背中を押された気がして。

「……祐希」

エレベーターのドアが閉まる。

二人だけの空間で、さっきまでの笑みを口もとに残している祐希が「ん？」と言う。

「この間は、断ってごめん」

お互いに歩み寄るのが、いいカップル。

祐希《ゆうき》は歩み寄ってくれた。次は、私の番。

「その……」

でも、なんだろ。

顔が熱くなってきて、うまく口が回らない。

「し、し……」

うつむいて、制服のスカートを強くにぎりしめる。

死ぬほど恥ずかしい、逃げ出したい。

だけどもう、後悔しないって決めたんだ。

いけ……いけ、私!!


「しても、いいよ……」


二人の思い出を乗せて、ゆっくり上昇していくエレベーターのなか。

——ドクン、ドクンと。

どうにかなりそうなほどに胸が高鳴っていく。

「なにを?」

そっと、頰《ほお》に触れる。

大きな手。

男の子の手のひらだ。

ひんやりと感じられたその感触が、頰の熱に溶かされていく。

「……」

もう、言葉はいらなかった。

目を閉じて、わずかに唇を上げる。心臓の音、祐希の吐息。すごく近い。すぐそこだ。

緊張の高まりがピークになると同時、上がりきったエレベーターががくんと止まった。

これが、私たちのファーストキ——


「でねー、そのお店すごく美味しくて」

「いいわね。ウチも行こうかしら」


——心臓が止まったかと思った。

「——」

ぎぎぎと、キスをする寸前の体勢のまま振り向いた、先。

「夏葉《なつは》……？」

「ゆ、祐希《ゆうき》、アンタ……」

大きく開いたドアの向こうで、お母さんと、祐希のお母さんが固まっている。

それだけならまだしも良かったんだけど。

「二人とも」

地獄の底から漏れ出たような低い声にぞっとする。

「――どういうことか、話を聞かせてもらおうか？」

鬼の形相のお父さんが、仁王立ちしていた。

第19話　マジで泣かせる15分前

私の家のリビングで、緊急家族会議が行われることになった。

「――なるほど。夏休みが明けてから、付き合っていると……」

テーブルの向こう側に座っているお父さんは、まるで裁判官みたいな怖い顔。

その左右にそれぞれのお母さんがいて、ウチのお母さんはちょっとはしゃいでいるみたい。

いつもよりまばたきが多いし、落ち着きがなくてそわそわしてる。

でも、祐希のお母さんは、あわあわ動揺してる感じ。ウチの息子がゴメンナサイと、その顔に書いてある。そんなふうに思わなくていいのに。

「で……どこまで進んでるんだ？　口を割らんと、抹殺《ころ》す」

お父さんが大げさな脅し方をして、ジロリと祐希を睨《にら》みつける。

……余計なこと言わないでよね。

さりげなくとなりへ目をやると、祐希はピクッと笑みを引きつらせ、

「キスもまだです。さっきのも未遂で……」

「祐希！　おいこら」

なんでそこで言っちゃうかな。

無言でじっと見据えると、祐希《ゆうき》もまた無言で訴えかけてくる。

——だって本当のことじゃん。

2回も未遂しといてまだですなんてよく言うよ。

——いや今日の入れたら3回だし。

お父さんなんてなに言っても反対するんだから、適当いっときゃいいんだって。

……なんて、幼なじみのアイコンタクトで無言の会話をばちばち交わし合ってると、

「一応聞いておくが、お前ら真剣交際なのか?」

さらにお父さんが踏み込んできた。

「べつに……ただの暇つぶし!」

キッと睨《にら》みつけて言葉をぶつける。

適当に流すつもりだったのに、口調が強くなってしまう。

「お互い決まった相手もいないことだし、じゃあ付き合ってみるかって」

本気じゃないって、今だけの遊びの関係だって、そう言えば満足?

私たちのこと、なんにも分かってないくせに。

「なんかそういう、軽い感じで……」

いらだち交じりの勢いは、喋《しゃべ》っている途中で、だんだん弱まっていく。

ごまかしの言葉に自分で傷ついてどうすんだ。私ってほんと——

「暇つぶしじゃないです」

はっと横を見る。祐希が深く頭をさげていた。

いつものふざけた感じがまったくない、真剣な声音で。

「ちゃんとマジで、付き合ってます」

――〰〰〰〰〰ッッ。

「…………ちゃんとマジで、付き合ってるそうです」

うつむいたまま、そう言うのがやっと。

鼻の奥がツンとして、吸い上げるとずずっと音がする。

「なんで夏葉《なつは》が泣くんだよ……」

「だっ、て……」

祐希のせいじゃん。

不意打ちはずるいよ。

「わかった」

お父さんの穏やかな声にホッとして、私はなんとか顔を上げる。

そして、「えっ」と。

声をもらしそうになった。

だって、さっきまで、すごく怖い顔をしていたお父さんが。

祐希《ゆうき》をキッと睨《にら》みながらも、その目のふちの輪郭を、じわっとぼやけさせていて。

「そこまでいうなら、交際を認めよう……っ」

立ち上がり、泣き顔を見られたくないのか、顔をそむけてリビングから出て行った。

「……お父さん。悔しくて、嬉《うれ》しいのよ」

テーブルを挟んで向かいに座っているお母さんが、こそっと小さな声で言う。

「夏葉《なつは》が誰と付き合ってるのか、ずっと気にしてたんだから」

ふふっと笑っているけれど、

「待って。私、言ってないよね？　付き合ってるって」

「そんなの見てれば分かるわよ。おめかしして嬉しそうに出かけていくし、スキンケアとかメイクとか、やたらと気合い入ってるじゃない。祐希くんのために努力してたのね」

「――っ!?」

「おばさん。その話、詳しく」

「やめろ。探ろうとするな！」

思わず肩を引っ張って、お母さんたちから「若いっていいわねー」みたいな感じで笑われた。恥ずかしい……。

「だからお父さん、娘を取られて悔しいんだけど、祐希くんがちゃんと本気なんだって分かって、嬉しかったのよ」

「そう、なんだ……」

お父さんが出て行ったほうを見て、私は自然と微笑《ほほえ》んだ。

「……お父さんって、口うるさいだけかと思ってた」

「格好つけてんの。威厳のある父親みたいに振る舞ってるけど、夏葉のことが可愛《かわい》くて仕方がないんだから」

そんなふうに言われるとさすがに照れくさい。

と、リビングのドアがガチャリと開いて、お父さんが戻ってきた。

目はまだ少し赤くて、その手には一枚の紙を持っている。

「交際は認めよう。ただし――この誓約書にサインしたら、の話だ」

……誓約書？

いきなりなに言い出した？？

紙を手渡された祐希は、文面を読みながら顔を引き攣《つ》らせている。

「ちょっと見せて」

　横から覗き込むと、

〝高校を卒業するまで破廉恥な行為は慎み、学生らしく健全な交際を心がけることを誓います〟

　…………。

「朱肉はあるか？　なければ血判でもいいぞ」

　祐希《ゆうき》をぎろりとねめつけるお父さん。

　泣きはらした赤い目が、いまは地獄の鬼の目のように見える……。

　──こっっわ！！！！

　祐希の心の声がはっきり聞こえる。

　頭が痛くなってきた。

「……祐希。面倒だからサインしちゃって」

「でもさ……」

「どうした？　まさか、破廉恥なことをしようと考えているのか？」

「いえ！　そんなことは、多分ないというか……！」

「多分？　曖昧《あいまい》な物言いをするな。社会はルールと契約で成り立っているんだぞ。そんな優柔不断では、娘を任せることなど――」

くどくどとお説教モードがはじまった。

目を白黒させている祐希の耳元に、そっと囁《ささや》く。

「お父さん、法務部で働いてるから、なんでも書類にしたがるの。私の門限だって、誓約書があるんだから」

「マジかよ……」

祐希はがっくりと肩を落とし、しぶしぶ誓約書にサインした。

こうして、私たちは親公認のカップルになったわけだけど。

……お父さん。

大事にしてくれるのは嬉《うれ》しいけど、もうちょっとやり方考えてくれないかな……。

第20話　マジでときめく15分前

その日の深夜。

私はベッドに座ってスマホをいじっていた。疲れているのに、ぜんぜん眠くならない。キス未遂から親バレ、いちおうの公認まで……今日はいろいろありすぎた。


『ちゃんとマジで、付き合ってます』


真剣な声が頭にリフレインして、かぁっと頬《ほお》が熱くなる。

祐希《ゆうき》、どうしてるかな。

「……」

スマホに指を走らせて、祐希にメッセージを送る。

夏葉《なつは》：まだ起きてる？　話したいことがあるんだけど、ベランダに集合！


スマホをベッドに置いて、ベランダに出た。

不思議と、あっちはもう寝てるかも、とは思わなかった。

幼なじみの……ううん、彼女の勘ってやつ？　バカみたいとは思うけど、なんとなくわかるんだから仕方ない。

手すりに寄りかかって空を見上げる。

月が綺麗《きれい》な夜だった。

となりの部屋から引き戸を開ける音がして、仕切り板の向こうに仏頂面の祐希が顔を出す。

私は小さく手を挙げて、

「おはよ」

「いや……おはよじゃねーわ。何時だと思ってんの？」

露骨にげんなりされてしまい、「ごめんごめん」と笑いかける。

「どうしても今日のうちに、話しておきたいことがあって」

「べつにいーけど……。ってか、おっちゃんあの後大丈夫だった？」

「あ、うん。ぜんぜん大丈夫……では、ないかな」

なんだかんだ認めてはくれたけど、お父さんはやっぱりショックだったみたい。リビングで新聞の同じところをずっと眺めてた。

「初エンカがアレはまずかったよな……」

祐希の言う〝アレ〟とは、エレベーターでのキス未遂。

私はテレを隠すようにぐっと親指を立てて、

「今度キスするときは、前後左右確認してからにしよう」

「だな。そうしよう」

茶化すような笑みを交わしあう。けどすぐに、お互い恥ずかしさが勝って目をそらす。

「で、なに？　話したいことって」

――きた。

「それが……ちょっと恥ずかしいんだよね。耳かして」

不自然にならないように、落ち着いた口調で。

「えっ、なに？　いい話？　悪い話？」

「いい話。いい話」

――勇気だせ、夏葉《なつは》。こんどはあんたの番だ。

「ほんとかよ。こえーな……」

仕切り板の向こうから、祐希《ゆうき》が身を乗り出した。

呼吸をとめて、一秒。

ずっと見続けてきた横顔に、そっと顔を寄せて。


ちゅ、と。

唇が、祐希の頬《ほお》にやさしく触れた。

「今日……嬉《うれ》しかった」

マジで付き合ってるって言ってくれて。

本気の思いを届けてくれて。

どうしようもなく、泣いちゃうぐらい、嬉しかった。

あっけにとられた顔でかたまったカレシの唇を、ちょんと指で触り。

「……続き。今度ちゃんとしようね」

ふっと、微笑《ほほえ》んだ。

……あ、ダメだ。

これ以上は耐えられない。

「それだけ！　おやすみ」

まだ固まったままの祐希を置いて、逃げるように部屋へ戻る。

そのままベッドへダイブ！

うわぁぁあああああああ！　しちゃったぁぁあああああああ!!

心臓バクバクで、ベッドにつっぷして足をバタバタ。

……まだまだ未熟で、恋人としては、小さな一歩かもしれないけれど。

きっとずっと、この夜を忘れない。

ぴろりん、と。祐希《ゆうき》からメッセージが届いた。

祐希：好き。

——もう、バカ！

第21話　マジで推しちゃう15分前

ベランダの密会が行われる、少し前のこと。

マンションの車寄せに、赤いスポーツカーがきぃっと止まる。

「またね、奈央《なお》ちゃん。祐希によろしく」

「うん。送ってくれてありがと！」

車から降りてきたのは奈央で、助手席から手を振るカヨコに満面の笑みで応える。

——えへへ。たくさんもらっちゃった。

抱えている紙袋がずっしりと重い。ビンゴ大会の景品が入っているのだ。

でも、ビンゴをするために一人残ったわけじゃない。

——お兄ちゃんたち、仲良くなれたかな？

新米カップルを二人きりで帰すことが目的だ。今日も恋のサポーターとして、人知れずその使命を果たしていたのだった。

「それに、こっちも大きな収穫があったしね」

にんまりとした笑みがこぼれる。

紙袋から取り出した、一枚の封筒。

そこには、まさかの強運で引き当ててしまった特賞――クリスマス・イルミネーションのペアチケットが入っている。

もしこれを、あの二人に渡したら……


視界いっぱいに広がるイルミネーション。

キラキラ輝く、ロマンチックな恋人たちの世界。

自然と気持ちが高まって、幼なじみの二人は愛の口づけを――。


「まずいよ……エモのナイアガラだよ……っ」

妄想だけでもご飯三杯はいける、まさに神シチュエーション。

このチケットを二人に渡したい！

とは思うのだけど、実はすこし悩んでいたりもして。

「…………」

奈央《なお》の足は自然と、自宅ではないほうに向いていた。

＊　＊　＊

自宅のある六階ではなく、エレベーターで七階へ向かう。

そこには幼なじみ——宗助《そうすけ》が住んでいる。

「つまり、二人にチケットを渡したいけど、自分もイルミネーションに行きたいと」

「そう！　宗助はどう思う？」

「……」

ドアを大きく開け放った玄関で、宗助はなんとも言えない顔をしている。夜に急にやってきて、妙な相談を持ちかけられて、ちょっと呆れてるみたい。

でも、これは大事なことだから。

二人のことは応援したいけど、あたしだってクリスマスを楽しみたい。

「……あのね、お兄ちゃんたちに代わってビンゴをやることになったから、ビンゴシートを三枚もらったの。で、それぞれ誰のビンゴか分かるように、名前を書いたの」

実際にそのシートを紙袋から取り出して見せる。マジックのペンで〝私〟〝お兄ちゃん〟〝なっちゃん〟と書いてある。

「で、一番最初に当たったのが……あたしのビンゴ」

証拠もちゃんとある。ビンゴになった瞬間をスマホで撮影したし、カヨコさんにもそのことを話してあるから、いざとなったら証人になってくれるはず。

「その後に、なっちゃんとお兄ちゃんのビンゴが当たって、それがこのお菓子とハロウィンのグッズ」

残りのビンゴが当たったのは後半で、もらったのは参加賞といえるようなものだった。

「なら、チケットはお前のだろ」

宗助《そうすけ》はあっさりと言う。

でも、

「これってそもそも、お兄ちゃんのクラスのパーティーだから。お兄ちゃんに渡すのが筋のような気もしてて……」

「奈央《なお》がいなかったらビンゴの前に帰ってたんだろ。夏葉《なつは》さんの門限で」

「そうだけど」

「じゃあ、それでチャラだろ。むしろ律儀に誰の景品なのか気にしてて、偉いと思うよ」

壁から背中を離した宗助が、わずかに表情を緩める。

「そうかな?」

「ああ。そのチケットはお前が好きに使えばいい」

きっぱり言い切ってもらえて踏ん切りがついた。

「そうだね。お兄ちゃんとなっちゃんには悪いけど、クリスマスのデートは自力で頑張ってもらおう!」

恋のキューピッドにも休暇は必要だ。

このクリスマスイルミ、前から行ってみたかったんだよね。

大きく伸びをして、

「うーん、なんかスッキリした！　やっぱり宗助に相談してよかったよ」

「……って、いうかさ」

「ん？」

「それ、クリスマスの、ペアチケットなんだよな？」

逆に宗助は、どこかスッキリしない顔で言う。

「そうだよ」

「じゃあ……」

なにか言いかけて、そのまま固まる。

なんだろうと思って見つめていると、気まずげにぷいっとそっぽを向いてしまう。

「なんでもない。話って、そんだけ？」

「うん！　急にきてごめんね」

「別に……。じゃあな」

そう言ってぶっきらぼうにドアを閉められた。

んんん？　宗助のやつ、どうしたんだろ。

＊＊＊

「ちょっと奈央《なお》、大ニュース！」

家に帰ると、お母さんがスリッパをパタパタさせながら駆け寄ってきた。

「祐希《ゆうき》とおとなりの夏葉《なつは》ちゃん、付き合ってるんだって！」

「えっ！」

「さっき偶然、二人がイチャついてるところに出くわしちゃったのよ。その時おとなりさんも一緒で、夏葉ちゃんのお父さんが怒っちゃってね。それで誓約書を――」

「お母さん！　いったん落ち着いて！」

興奮しているお母さんの肩に手を置いた。

すぅー、はぁ……。

一緒に深呼吸をして、

「できるだけ詳しく、最初から話して」

「そ、そうね。ええと――」

リビングのソファーへ移動して、女子高生みたいにはしゃいでいるお母さんから事情を聞いた。

「――で、卒業までは大人しくしてますっていう誓約書にサインして、夏葉ちゃんのお父さんも認めてくれたのよ。まさかあの二人がカップルになるとはねぇ……。奈央は知ってた？」

「いや、あはは……」

知ってるどころか背中も押したけど、この展開は予想外。

エレベーターでキス（未遂）とか、カノジョのお父さんの前で『マジで付き合ってます』宣言とか……。推しカップルの供給過多に、きゅんきゅんが止まらない。

お兄ちゃん、やるじゃん！

「……やばい、めっちゃ推せる」

「そうねぇ。お似合いだし、祐希が夏葉ちゃんに愛想つかされないといいんだけど」

嬉《うれ》しさ半分心配半分といったお母さんの声を聞きながら、紙袋へ手を入れる。

ぱっとソファーから立ち上がり、

「あたし、ちょっと推し活してくる！」

「へ？」

＊　＊　＊

そのころ。

宗助《そうすけ》は自分の部屋で読みかけの小説を開いていたが、いつものように物語の世界に入り込むことができないでいた。

『宗助《そうすけ》はどう思う？』

困ったように問いかけてくる奈央《なお》の顔が、頭から離れない。

――ぱたん。

本を閉じ、ベッドにごろんと横になる。

ゆっくり瞳《ひとみ》を閉じると、真っ暗な世界のなかで。

『そーすけー。あそぼー！』

懐かしい声がよみがえってきた。

幼いころの宗助は、引っ込み思案であまり家から出なかった。

マンションの子供たちともうまく打ち解けられなくて、広場で遊んでいる姿を横目に見ながら、一人で絵本を読んでいた。

そんな姿を見かねたのだろう。

『この子、同い年なんだって。下の部屋に住んでるご近所さんよ』

ある日、母が女の子を連れてきた。

『あっそ』

素っ気なく言って、部屋に戻ろうとする。

しかしパシッと、女の子が手をつかんできた。

『いっしょにあそぼ！』

幼稚園の制服を着ている奈央が、にぱっと笑いかけてくる。夏のヒマワリみたいにきらきらした笑顔だった。嬉《うれ》しそうな声をあげ、ぐいっと手を引っ張ってくる。

変なやつだと思った。

でも、その手を振り払おうとは思わなかった。

それから毎日のように奈央が来て、外に連れ出されるようになった。知らなかった遊びをたくさん教え込まれた。木登りで高いところの木の実をとるだとか、蜂の巣をつっつく度胸試しとか、かなり無茶もしたと思う。奈央に文句を言いながらも、追いかける形でぜんぶ付き合った。たくさん笑うようになったねと、母が嬉しそうに言った。

小学校に上がっても、奈央は変わらず家にやってきた。手を引かれて、ますますいろんな場所へ繰り出すようになった。

けど、違う中学へ通い始めると。

奈央は同じ学校の友達と遊ぶようになり、一人で本を読む時間が増えた。

そこまで戸惑いはなかったと思う。幼いときの友達なんて、徐々に疎遠になっていくものだ。それも、異性となると……。自然と手を伸ばすようになった青春小説でも、そんな話はざらだった。逆にいつまでも変わらない絆《きずな》、恋愛に発展みたいな内容だと、リアリティに欠けるなとどこか醒《さ》めた目で見るくせがついた。世界に、そんな奇跡はない。
でも。自分を取り巻く世界から、あいつの騒がしい声が消えて。
ふとした静けさに、思うことがある。

あのおせっかいな幼なじみと過ごす時間が、自分にとってどういうものだったのか。

だから、あのとき、声をかけてしまったのかもしれない。
珍しく、ひとりでいる奈央《なお》を見かけて、なけなしの勇気を出した。
奈央が追いかけていたカップル――祐希《ゆうき》と夏葉《なつは》の姿は、小さくない衝撃だった。
まるで、鍵をかけて心の奥底にしまっていた箱が開いて。
信じていなかった奇跡が、転がり出たみたいな。

だったら、俺たちも、もしかしたら――。

……だとしても、さっきはうかつに踏み込みすぎた。
『それ、クリスマスの、ペアチケットなんだよな?』
奈央はだれか、そういう相手が――いるのだろうか。

あのとき、もう一歩踏み込んで聞いていたら、どうなっていただろう。

答えは出ないまま、悶々《もんもん》と時間はすぎる。

「なさけな……」

ぽつりとこぼれた声は、本当になさけなかった。

＊＊＊

翌朝。

宗助《そうすけ》がいつものように家を出て、エレベーターを降りたとき。

「……え、なんで」

マンションのエントランスに奈央がいた。地元の中学なら、もっと遅い時間でいいのに。

「昨日のこと、お礼しときたくて」

スカートのポケットにスマホを入れて、「よっ」と弾みをつけて寄りかかっていた壁から離れた。

「——ってか、まずは〝おはよう〟でしょ？」

「お、おはよう」

「おはよ」

ニッと笑った奈央《なお》と一緒にマンションの外へ。

まぶしい朝日に目をすがめ、冷たい空気にぶるっと体を震わせる。

「毎日この時間とか、私立は大変だねー」

「まあ、慣れたけど」

「あのチケット、結局あげちゃった」

あまりにあっさり言うものだから、最初、何のことかと思った。

「よかったの？」

「うん。やっぱりお兄ちゃんたちのこと、応援したいし」

そう言って、頭の後ろで手を組んで笑う。

なんていうか、奈央らしい結末だ。

「それに、イルミネーションのペアチケットって、女の子二人で行くのは違うよね」

「えっ」

うっかり驚いた声を出してしまい、「そ、そうかもな」と誤魔化《ごまか》すように言う。

奈央は気づいてないようで、「イルミネは普通に行きたいけどね。綺麗《きれい》なんだろーなー」と
残念そうに口を尖《とが》らせる。

なんだ、友達と行くつもりだったのか……。

胸に広がる安心感。同時、よみがえる想いがある。

だったら、俺たちも――奇跡を信じて、いいのかな。

「「クリスマス」」


声が重なった。

驚きに視線を交わしあって。

こういうときは奈央が先に喋《しゃべ》り出す。

「クリスマス、ヒマならどっか遊びに行かない？　あたしたちなら、イルミネじゃなくても楽しいよ！」

白い息をつきながら――冬に咲くヒマワリみたいに笑う。

初めて会ったあの日から、この笑顔だけは変わらない。時間がぎゅっと縮まって、あの頃と今がつながっていく感覚。鼻の奥がツンとして、誤魔化すようにそっぽを向く。

「……ワリカンでよければ」

「やったー、決まり！　ねー、どこ行こっか？　あたし、行ってみたいところがあってさ――」

奈央は、やっぱり奈央だ。

一人ではたどり着けない場所へ、手を引いて連れ出してくれる。

「まだ先の話だし、ゆっくり決めればいいよ」

「そうだね！　じゃあ、宗助《そうすけ》も行きたいとこ、考えといて！」

地元の中学へ向かう奈央《なお》と駅前で別れ、

——このやかましい声が、やっぱり好きなんだよな。

無表情をほんの少し緩ませて、自動改札を勢いよく通過した。

第22話　マジで別れる15分前

十一月中旬。

少し前にやった模試の答案が返ってきた。

夏葉《なつは》のそれは――A判定。

この調子で勉強を続けていけば、第一志望に合格できそうだ。

「そーいや祐希《ゆうき》って、ちゃんと受験勉強してる？　してんの見たことないけど」

学校帰りに寄ったファミレスで、いつものように雑談をしていたときのこと。

何気なく話を振ると――祐希がギクッと目をそらす。

「ほ、ほら見ろよ。イルミネの準備してるぜ」

窓の外を指差して、気まずげに笑う。

わかりやすいやつ……。

「模試の答案、見せて」

テーブルに頬杖《ほおづえ》をついて、圧をかけるように手を出した。

「えっと、その……」

「見せらんないような結果なの？」

きっとそうなんだろうな。

C判定とか、取っちゃったのかもね。

「……はい」

観念した祐希《ゆうき》が、カバンから答案用紙を取り出した。

「D判定!? 合格率30パーセントって……どういうこと!?」

「……さあ。俺が聞きたいよ」

そう言って、遠くを見るような目で笑う。

「勉強! 帰って勉強するから!!」

「えっ。でも今日は、限定のマロンパフェ食べるって」

「それどころじゃないでしょ！」

名残惜しそうにしている祐希の襟首を引っつかみ、まだ一杯も飲んでいないドリンクバーの代金を払って店を出た。

＊　＊　＊

「このまま大学落ちたらどーするわけ?」

「へーきへーき、何とかなるって」

祐希の部屋での緊急勉強会。けれど祐希は余裕の笑みを浮かべ、くるくると鉛筆をまわしている。参考書を開こうともしない姿に、軽く頭痛がする。

「どこからくるの。その自信」

「夏葉《なつは》の志望校より難易度低めだし、なにより記号問題が多い。いざとなったら俺の強運が火を噴くぜ」

ころころ。

ローテーブルの上に鉛筆を転がして、ニヤリ。

「大学受験を鉛筆転がしで切り抜けるとか、本気で言ってんの?」

「冗談だよ。そんな怒んなって」

ヘラヘラ笑って、鉛筆ではなく酢昆布へと手を伸ばす。

……ダメだこいつ、早く何とかしないと。マイペースなやつだと思っていたけど、この緊張感のなさはヤバい。

こうなったら、奥の手を使おう。

上手くいくかどうかわかんないけど……。

「このまま浪人したら、別れるから」

祐希《ゆうき》の手から、ぽろっと酢昆布が落ちた。

「……わ、笑えない冗談はやめろよな」

「いや、マジで」

冷ややかに目をそらし、マジオーラを放ちながら髪をいじる。

「……夏葉《なつは》」

「ん」

「勉強、教えてくれ」

「おっ」

鉛筆を手にした祐希が、使われた形跡のないきれいな参考書を開く。

「祐希はやればできる子だって、信じてるからね」

「母ちゃんかよ……」

げんなりしてるけど、やる気になってくれたことが――いや、本当はそのやる気の理由が嬉《うれ》しくて。

次の模試――がんばろうね、祐希。

＊＊＊

そして、十二月中旬。

出かけるときにコートを着込むようになり、商店街やショッピングモールに流れる曲がクリスマスソングになったころ。

「どうよ！　俺が本気を出せばこんなもんよ」

いつも放課後に立ち寄っているファミレスのソファー席で、模試の答案を手にした祐希が得意げに笑う。

「ふぅーん……」

差し出された模試の結果は、Ｂ判定。

「夏葉は心配しすぎなんだって」

笑いかけてくる祐希の目もとには、疲労感の強いクマがある。

この一か月、そばで付き添ってきたからわかる。

祐希は、本当に、がんばった。


……そんなに私と別れたくないんだ？

心の中でこっそりつぶやき、口元がほころんできてしまう。

そっか。

えへへ。ふふふ……。

「どうした夏葉《なつは》？　にやにやして」

「な、なんでもない！」

慌てて口を引き締めて、切り替えるように息をつく。

「でもまだ、油断しちゃダメだからね。本番はこれからなんだから」

「わかってるけど、ちょっとぐらい息抜きしてもいーだろ？」

「そりゃあ、まあ……」

へへっと笑った祐希《ゆうき》が、バッグからチケットを取り出した。

「奈央《なお》がくれたやつ。一緒に行こうぜ」

クリスマス・イルミネーションのペアチケット。

そっか、今年は。

「……うん。行く」

「おー、なんだ。素直か」

うるさいなぁ。だって、今年はさ。

——カレシとカノジョとして、初めてのクリスマスなんだもん。

きっと、特別な一日になる。

第23話　マジで抱き合う15分前

クリスマスを一週間後に控えた、ショッピングモール。

一階の広場に大きなモミの木があって、子供たちが「きゃあきゃあ」とはしゃぎながら駆け回っている。

「──なるほど。夏葉《なつは》ちゃんに何をプレゼントしていいのか分からなくて、恋愛マスターにして親友のオレを頼ってきたわけか」

「恋愛マスターは初耳だけどな……」

ベンチに並んで座る西やんが、茶化すように笑いかけてくる。

祐希《ゆうき》は何でもなさそうな顔を保ちつつ、

「プレゼントのやり取りとか沢山してるだろ。カヨコと」

「そうだけど、祐希もしてたんじゃないの？」

「わざわざ幼なじみとプレゼント交換とかしないって。金かかるし」

「──で、今年はカノジョになったから悩んでるわけか。イイ彼氏ダナー」

「……」

あらためて言われるとさすがに照れくさい。

「指輪とか渡しちゃう？」

「いきなりハードルを上げるな！」

爽《さわ》やかなゲス顔で肩を組んできた西やんの手を払う。

「てか、そんなの渡されても、夏葉だって困るだろ」

「そう？　二人って大学の志望校違うし、春には遠恋だろ。そのくらい渡してもいいと思うけど」

遠恋……。

そうなったときのことを考えると、たしかに身につけられるアクセサリーなんかがいいのかもしれない。

でもなぁ……。

「そもそもさ。俺、クリスマスプレゼントにはトラウマがあって」

「おっ、聞こうか」

「なんでちょっと嬉《うれ》しそうなんだよ」

にっこり笑顔の西やんに嘆息しつつ、記憶の糸をたどる。

「あれは——」

＊　＊　＊

中学二年のクリスマス。

その日は夏葉《なつは》が日直で朝早く家を出ていて、俺は一人で登校していたんだけど。

通学路にある公園で露店をやっていて、そばを通りかかったときに声をかけられた。

「お兄さん、カノジョのプレゼントにいかが？」

地面に広げた布の上に、手作りのアクセサリーが並べられていて。

ふと、猫の髪どめが目にとまった。

夏葉に似合いそうだと思って、ほんとに気まぐれだったけど、初めてクリスマスプレゼントを買ったんだ。

けど、いざ教室で夏葉の顔を見ると、ズボンのポケットに忍ばせたプレゼントを渡すのが恥ずかしくなって……。

そのまま放課後まで渡せず、掃除の時間になってしまった。

「祐希《ゆうき》。今日って夜、うち来るよね？」

夏葉はいつものようにそんなことを聞いてきて、俺は「お、おう」と控えめな声で答えた。

「助かる～。お父さんいつもホールでケーキ買ってくるから、食べきれなくて。奈央《なお》ちゃんも連れてきてね」

毎年恒例、夏葉の家で行われるクリスマスパーティー。そこにいるのは夏葉の両親と奈央。

ウチの親もいるかもしれない。

帰って家族のいるなか、こんなの絶対渡せねえ……。

渡すなら、今しかない。

「あのさ、夏葉」

「ん？」

「これ……」

ポケットに手を入れ、髪どめをつかんだ瞬間。

「う〜わ〜。お前ら、クリスマスまで一緒にいんの？」

「朝まで一緒にいるやつだ。エロ幼なじみーっ！」

よくからかってくる男子——飯塚《いいづか》と牧野《まきの》がけらけら笑ってた。

いつもだったら「何言ってんだよ」って突っぱねてやるんだけど、髪どめの感触にギクッとさせられる。

「……は？」

声を詰まらせた俺の代わりに、夏葉が二人を睨《にら》みつける。

「私と祐希はそういうの、１００％ないから！」

髪どめを握りしめていた指が、ぴくりと震える。

「ほんと、やめてくれる？　——気持ち悪い!!」

「っ」

がつんと殴られたみたいな衝撃があって——手から力が抜けた。

「ヒューッ！」

「てれんなよー！」

飯塚《いいづか》と牧野《まきの》が無責任にはやし立てる。

「行こ、祐希《ゆうき》！」

「お、おう」

そのあと、夏葉《なつは》が気を取り直すように何か言っていた気がするけど、あまり記憶がない。

そりゃあ、ただの幼なじみだけど。

付き合ってるわけじゃないけど。

１００％ない、なんて——。

＊＊＊

「――言いきらなくても、よくね？」

クリスマスソングの流れるショッピングモール。

切なげに見上げていたモミの木から目をそらし、はぁと湿っぽいため息をついた。

「てか、気持ち悪いって……ひどくね？　中学生男子に一番使っちゃいけない言葉だろ」

ぶふっと、西やんがたまらず吹き出した。

「し、思春期だしな」

笑いをこらえながら言うけど、まさにそのとおり。

デリケートな柔らかい心を、べこっとへコまされたんだ。

西やんが気を取り直すように、

「けど、今年はカレシになったじゃん」

「……………」

「喜んでくれると思うけどな、プレゼント。祐希が選ぶものなら何だって」

俺だってそう信じたい。

だって、付き合ってるんだから。

いまさら気にする必要なんてないと思うけど、あの日の痛みを忘れることはできなくて、自分に問いかけてしまう。

俺たちは今、何パーセントくらい——アリなんだろう。

＊＊＊

西やんとショッピングモールで別れ、駅からの道をひとりで歩いて帰宅する。

「……え」

マンションのエレベーターを上がって、六階の廊下。

「おかえり。遅かったじゃん」

制服姿の夏葉《なつは》が、冬の赤々とした夕陽のなかで、にこやかに微笑《ほほえ》みかけてきた。

「おー……なに。何か用？」

「今日祐希《ゆうき》、西やんと出かけてたんでしょ。どこ行って来たの？」

「……買い物」

不思議と、ごまかす気持ちにはならなくて。

すっと、手にさげた紙袋を持ち上げて見せる。

「夏葉のクリスマスプレゼント、買ってきた」

手が、少しだけ震えた。


あれから、ずっとクリスマスが好きじゃなかった。

イルミネーションの前で肩を並べるカップルから目をそらし、クリスマスの話題は極力避けるようにして、ごまかすように男友達とバカ騒ぎして過ごした。

あの日、ごみ箱に放り投げた猫の髪どめ。

渡せなかった痛みが、感じてしまった距離が、つらかった。

一緒にいるのに、よく分からない気まずさがあった。


「ふーん……」

プレゼントの入った紙袋を見ていた夏葉が、ふっと表情を緩める。

固く降り積もった雪がじんわりとけていくような、優しい笑い方だった。

心から、本当に嬉《うれ》しそうに。くすぐったそうに唇をほどき――

「そっか……ありがと。クリスマス、楽しみにしてるね」

「っ」

クリスマスが来るたび、夏葉《なつは》とちょっと気まずくなった。お互いに意識しているのはわかっていた。でもその一歩を、どうしても踏み出すことができなかった。

ずっと、ずっと……。

世界で一番ちかくて、一番遠かった。

だけど今は、こうやって。

声にならない、こぼれる気持ちを、伝えることができる。

「…………祐希《ゆうき》?」

抱きしめられたまま、しばらく固まっていた夏葉は。

少しどぎまぎとした様子で、

「なに急に。なんでちょっと泣いてんの?」

「……うるせー……」

ふっと笑うような吐息が、耳をくすぐる。

「――もう」

背中にぎゅっと、手が回された。

「ひとが来ちゃうよ」

その温《ぬく》もりが嬉《うれ》しくて、愛《いと》おしくて——離れがたくて。

もっと強く、夏葉を抱きしめた。


——十数年来の幼なじみと、付き合いはじめた。

恋人になって初めての、クリスマスがやってくる。

＊　＊　＊

その夜。

夏葉は部屋のベッドでクッションを抱きしめて、カヨコに電話をかけていた。

『へえ、じゃあクリスマスは祐希とデートするんだ？』

「うん。奈央《なお》ちゃんがくれたイルミネのチケット、もったいないし」

『いーじゃん、いーじゃん。ラブラブじゃ〜ん！』

「ラブラブかはわかんないけど」

さっきの祐希の泣きそうな顔、ぎゅっと抱きしめてくる力強さを思い出す。

「ちょっと、ドキッとしちゃった……」

『？』

思わず赤面してから、慌てて首をふる。さすがにこれはかよちんにも言えない。

「あ、えっと……わたしと祐希《ゆうき》って、普段あんまり約束とかしないんだ。なんとなく集まって、なんとなく一緒にいる。だから待ち合わせとかデートとか、新鮮で」

ごまかすように話し始めたけど、これは本当にそうで。

体を左右に揺らしながら話しているうちに、なんだか嬉《うれ》しくなってきて、

「すごいね、付き合うって。ちゃんと約束するんだね」

電話の向こうで「ふふっ」と笑い声がした。

『夏に号泣していた奴とは思えんな。やっぱラブラブじゃん』

「これが、ラブラブ……？」

その感触をたしかめるように、クッションをぎゅっと抱きしめる。

『けど、よかったよ。ふたりが普通にカップルしてて。付き合っても中学の頃みたいなことしてたら、どついてやろうと思ってたから』

「……そうだね。たしかに私、祐希に対して当たり強かったよね」

天井を見上げて目を閉じる。

「あのころは、私がイヤだったっていうより、祐希の手前——否定しなきゃいけない気がし

てたの」
恋とか愛とか、友情以外のものを全部。
じゃないと、祐希のそばにいられなくなると思ってた。
それだけは絶対にイヤだったから。

『ふーん。そういうもん？』
「そういうもん。意外と難しいんだよ。幼なじみってやつも」

そうやって、色んなことに意地を張って。
ひとより沢山、遠回りをして来たんだと思う。
だから今は祐希のくれるもの、なんだって素直に受け取って、私も返していきたい。
ありがとうって言いたい。
大好きだよって言いたい。

遠回りした日々も、いつか、かけがえのない思い出だって言えるように。

第24話　マジで抱き合うクリスマス

『今日は十二月二十四日。待ちに待ったクリスマス・イブ。ご覧ください、駅前のショッピングモールに沢山のひとが押し寄せています。家族連れも多いですが、やはり目立つのは恋人たち。指折り数えて楽しみにしていたのではないでしょうか。幸せそうな雰囲気が伝わってきますね。実はこの近くにクリスマス・イルミネーションが特設されていて、夕方から特別なショーが――』

地元のテレビで中継されているショッピングモールの映像が、ぷつっと消えた。

クリスマスを盛り上げようとしている女性キャスターの声とテレビの向こうで楽しそうにしているひとたちの姿が消えて、それらすべてが悲しい蜃気楼《しんきろう》だったみたいに、重苦しい空気だけが残された。

祐希《ゆうき》はいま、ベッドに突っ伏している。

そばには夏葉《なつは》の姿もあって、リモコンをローテーブルに置くと、神妙な顔で言い放つ。

「残念だけど、今日のデートは中止ね」

「そん……な……」

思わず抗議するのだが、使ったばかりの体温計を突き出され、

「三十九度。安静にしてないと」

「ぐ……」

――やっちまった。

よりによって、クリスマス当日に風邪を引くとか。

「そーいや祐希って、昔からよく遠足の前とか、張り切りすぎて熱出したりしてたよね」

体温計をしまいながら、夏葉がいたずらっぽく笑う。

「そんなに楽しみだった？　私とのクリスマスデート」

「うん……。楽しみにしてた」

「……なんだよ。素直かよ」

照れくさそうにそっぽを向いた、一瞬の隙《すき》をついて起き上がる。

待ちに待ったクリスマス。こんなところで寝てる場合じゃない……。

「こらこらこら!!　どこ行くの」

「大丈夫。もう――」

治った、と言いかけて、ゴホっと咳《せ》き込んだ。

「ほら、苦しそうじゃん。無理しちゃダメだって」

その優しさに、今はあえて背を向ける。

男には、無理をしなくちゃならないときがある。

だるさと関節の痛みに耐えて歩き出し、

「俺は、なにがあろうと、イルミネに……！」

「バカなの⁉　命がけで行くような場所じゃないから‼」

いともあっさり押し戻される。体に力が入らない。

「デートの代わりといってはアレだけど、付きっきりで看病してあげるから。今日はもう諦《あきら》めなって。ね？」

物わかりのいいお姉さんみたいな笑みを向けられて、無力感に包まれる。

俺のせいで、せっかくのクリスマスが台無しに――。

夏葉《なつは》はローテーブルの上を手早く片しながら、いつもどおりの穏やかな声で言う。

「お父さんとお母さんはデート行ったし、祐希《ゆうき》のおばさんも仕事でしょ？　わたし今日一日こっちにいるから、ちゃんと治して――」

たまらず、うしろから抱きしめた。

「ちょっ、祐希」

すぐに風邪のだるさがきて、弱々しく寄りかかるようになりながら、どうにか耳元でささやく。

「五時までには治すから。行こ、イルミネ……」

「わ、わかったから……放して」

そうは言うけど、押しのけようとはしてこない。

優しく抱きあったまま、溶け合うように力を抜いて、壁にかけられた時計の音だけが聞こえる。

そこに「たたっ」と、廊下を走る足音が近づいてきて。

ガチャッ。


「お兄ちゃん～～！　冷えピタいる～～～………」


元気にドアを開け放った奈央《なお》の手から、ぽとっと冷えピタが落ちる。

「……し、失礼しました」

そろそろと後ずさり、パタンと静かにドアを閉める。

「……バレた、ね」

「……バレた、な」

抱き合っているのを見られたら、これはもう完全にアウト。

のぼせた頭で天を仰いだ。

ちなみに、奈央がとっくに知っていたことを知るのは、また別の話。

最終話　マジで好き合う15分前

幻想的な彩りが、宵闇《よいやみ》を照らしていた。

ちらちらと淡く、しゃらしゃらと眩《まばゆ》く、七色の輝きがどこまでも連なって。

聖夜を祝福するように、天に光の橋がかかる。

『祐希《ゆうき》！　こっち』

『ごめん、遅くなった』

『大丈夫。イルミネーション、これからだから』

今夜はクリスマス・イヴ。

彼氏と彼女になって初めての、特別な夜。

『間に合ってよかったね』

『なー』

念願のクリスマスデートに笑みを浮かべつつ、夏葉《なつは》と手をつないで光のトンネルをくぐる。

『あれ、見ろよ』

目の前にちょっとした広場があって、その中央に立派なモミの木がそびえたっている。てっぺんには大きな星が輝き、サンタクロースやトナカイのぬいぐるみが踊るように揺れている。

けれど、夏葉はツリーではなく、その根元でキスをしているカップルを見ていた。

つないでいる手にぎゅっと力が込められる。

『……それでさ、祐希は私のこと、好きなわけ？』

『え？』

幻のようにイルミネーションが消えて、マンションの廊下で向かい合う。

『二人でいろいろ試してみて、それでも本気になれなかったら――』

目まぐるしく景色が変化する。

今度は学校帰りに立ち寄っているファミレスで。向かいに座っている夏葉が、いつになく真剣な声で言う。


『わたしら、別れよう』


「――なんで⁉」

自分の声にハッとした。

はぁはぁと、荒い呼吸を繰り返す。

「……夢？」

そうだ。俺、熱出して……。

だいぶ体は楽になってる。これなら行けるかも。

ベッドのなかで体を起こし、うす暗い部屋のなか、壁の時計へ目を向ける。


18時12分。


え、マジ。

イルミネーションのショーがスタートするのが、18時だから……。

「やべっ」

慌てて立ち上がろうとして、足がもつれてズデッと倒れ込む。

「祐希《ゆうき》!?　……大丈夫?」

部屋のドアを開けた夏葉《なつは》が、パチッと明かりをつけた。

うつ伏せに倒れたまま顔を上げ、

「ごめん。俺、マジで寝ちゃって!　イルミネ行くって約束したのに、時間過ぎてて」

夏葉は驚いた顔になり、すぐに優しく微笑《ほほえ》んだ。

「いいよ、別に。ていうか、チケット奈央《なお》ちゃんにあげちゃったし」

「えっ」

「ちょうど宗くんと出かけるところだったから。席あけるのも勿体ないと思って」

「……」

夏葉は少し申し訳なさそうに、

「勝手にごめん。けどまだ、無理しないほうがいいと思う」

「………だよな」

夏葉の言うとおり。幾分マシにはなったけど、体はだるいし熱っぽい。こんな状態で出歩いたら、間違いなくこじらせる。そして……また迷惑をかける。

——結局、俺のせいで、クリスマスが台無しに。

楽しみにしてくれていた夏葉に、顔向けできない。

情けなくて、申し訳なくて、言葉にならなかった。

「……ねぇ。からだは平気？　ちょっとだけ外に出られない？」

落ち込んでいる俺を見かねたのか、夏葉がやわらかい声で言う。

いまさら外に出ても、とは思ったけど、これ以上夏葉をがっかりさせたくなかった。

「……うん」

「じゃあ、行こ」

子供みたいに笑って、弾むような足取りで廊下を歩く。

なんだろ、なにかあるのか……？

「ほら！」

勢いよく玄関のドアを開けた。

「おわ……っ」

サンダルで外へ出て、手すりをつかんで空を見る。


「雪——」


はらはら、ひらひらと、粉砂糖のような、白いきらめきが舞っている。

すでに結構降っているのか、箱庭のような景色がところどころ白い。

「ホワイトクリスマスだね」

夏葉《なつは》が白い息を吐き、夜空に向かって嬉《うれ》しそうに手を伸ばす。

その姿にしばらく見惚《みと》れていたが、ふと我に返る。

「絶好のクリスマスデート日和に、俺は家でなにを……？」

夏葉は「こだわるなー」と呆れ顔で、

「別にいいじゃん。こっからの夜景も綺麗《きれい》だよ」

俺はまだ整理のつかない頭で、子どもみたいに唇をとがらせる。

「……こんな毎日見てる景色。イルミネのほうが絶対綺麗だし」

「そうかなぁ」

夏葉は「んー」と何かを考え、懐かしそうに言う。

「ね、覚えてる？　子供のころ、二人で雪だるま作って、ここまで持ってきたときのこと」

どうして急にそんな話をするんだろうと思いつつ、

「めっちゃ怒られたよな。エレベーターが壊れたらどうするんだって」

「ここで雪合戦もしたよね」

「懐かしいなー。夏葉のおじさんに当てちゃって、慌てて逃げたっけ」

ふふっと、夏葉がおかしそうに笑う。

「それだけじゃないよ。ふたりで夜中までだべってたなーとか。台所でおやつ取ってきて一緒に食べたなーとか。ここの景色みてると、いろんなこと思い出すんだ」

そして、小首を傾けて。

「――ね？　イルミネにだって、負けてないでしょ」

言われて、ハッとする。

「私はそういうほうが好き」

昔からよく知っている幼なじみの少女が、歌うように目を閉じて、

「なんでもない場所が、思い出できらきらしてるの。最初から綺麗な場所より、ずっと素敵だよ」

ゆるやかに降りしきる雪が、見慣れた景色を違ったものに変えていく。

「私はきっとこの景色を見るたび、ここで祐希《ゆうき》とキスしたなぁって、思い出すんだと思う」

「キスは未遂だろ」

「ううん」

こちらを振り返った夏葉《なつは》は、もう幼なじみの少女じゃない。


「今から、するから――」


冷たくも柔らかい感触が唇に触れた。

白い妖精たちが見守る――聖夜の口づけ。

しんしんと深まる冬の音。

ほのかに鼻をくすぐる石鹸《せっけん》の香り。

ひんやりと疼《うず》く、赤みを差した耳。

時をとめた世界で、愛《いと》しい少女のすべてが流れ込んできて――。

雪解けるように、しずかに動き出す。


ゆっくりと唇を離し、しばし無言で見つめ合う。

冷たい夜風が、白い息を連れ去っていく。

「……へへ、冷えちゃうね。そろそろ家、入ろっか」
夏葉が笑って、いつもの二人に戻ろうとする。

その手をつかんで、もう一度。

ふたりの思い出に、大切な一ページを描き足すように。
雪が解けても、溶けない思いを刻みつけるように。
交わしあう熱が、凍えた体をじんわりと温める。

言葉なんかじゃ伝えきれないこの気持ちを。
ありったけの思いを込めて――強く、やさしく、抱きしめる。

俺も一生、思い出すよ。
ずっと好きだった女の子と、ここで初めて、キスをしたんだって。

一緒に走った細い廊下。

冷たい手すりの感触。
古くて狭いエレベーターの音。
二人で見てきた、なんでもない景色たち。
そんな、かけがえのない日常の延長線。
十数年来の幼なじみと、俺は付き合っている――。

（了）

あとがき

初めまして！　もしくは、お久しぶりです。栗ノ原草介です。

この度はｐｅｒｉｃｏ先生の著作『マジで付き合う15分前』を、僭越ながらノベライズさせていただきました。

さて、この作品は幼なじみの間に生まれた恋愛感情を、とても丁寧に描いたものでありますが……

実は僕にも――幼なじみと言えるひとがいるんです。

小さなころから毎日のように顔を合わせ、休みの日にはどちらかの家でゲームをして遊ぶ。マンションのおとなりさんではありませんが、近所と言えるぐらいの距離に住んでいて。

まさしく祐希《ゆうき》と夏葉《なつは》のような、家族のような距離感の相手。その関係性だけに着目すれば、可能性があったと言えましょう。ファミレスでどちらともなく気持ちを伝え、嬉《うれ》し恥ずかしもどかしく、恋人としての横顔を見せるようになる。そんな青春恋愛ルートの片鱗が、僕の人生にもあったのです。

が――。

しかし！

そいつ——男なんですよね……。

いや、好きだよ？　幼なじみの親友としては好きだけど、お互い男である限り、Ｂ＆Ｌの扉しか用意されてないんだよ！

はぁ、はぁ……。

失礼。ちょっと取り乱しました。

つまり何が言いたいかと言うと、祐希が羨《うらや》ましいという話です。夏葉ちゃんのこと、大事にしないとダメだからな。宗助《そうすけ》の言うとおり、マジで奇跡なんだからな、その関係！

ほんと、祐希は幸せ者ですよ。

原作の漫画をラストまで読むと、心の底からそう思います。

この小説は同人版の1巻から3巻までの内容をノベライズしたものですが、ここから原作は6巻まで続きます。クリスマスにファーストキスをした二人が、どうなっていくのか。遠距離恋愛というハードルに、どう立ち向かっていくのか。マジで付き合い始めた幼なじみの恋は、どこにたどり着くのか？　そのすべてを繊細に、こぼれ落ちる感情を余すところなく、とても丁寧に描き綴られております。〝ＢＯＯＴＨ〟というＷＥＢのクリエーターズ・マーケットで、ｐｅｒｉｃｏ先生みずから販売されておられますので、ご一読されることを強くオススメいたします。

さて。

このまま放っておいたらマジ付きについて無限に語って紙面が尽きてしまいそうなので、謝辞に移らせていただきます。

原作・perico先生。

このたびはノベライズの許諾をいただけるだけでなく、素敵な表紙や巻末漫画も描いていただき、誠にありがとうございます！　こうしてマジ付きの世界に参加することができて、一人のファンとしてとても嬉《うれ》しいです。

イラスト担当・吉田ばな先生。

今回も素敵なイラストの数々を、ありがとうございます！　キャラクターたちの表情はもちろん、そのイラストから伝わる雰囲気が実に素晴らしく、ただのファンとして夢中で見入ってしまいました。

担当編集・岩浅さま。

今回もまた、めっちゃお世話になりました。そろそろね、いやぁー余裕でしたねー、みたいなベテランムーブをかましたいわけですが、現実は平身低頭。下げた頭を上げられないという……。いやホント、マジでお世話になりました！

そして最後に、最大の謝辞を——読者さまに。

　このたびはお手に取っていただき、誠にありがとうございます。原作の持っている魅力を、少しでも伝えることができるように、出せる限りのエモさを込めて、執筆させていただきました。最後までお読みいただき、本当にありがとうございます！


　少し紙面が余ったので、こぼれ話を一つ。

　実は最近、ガガガ文庫にて〝そうすけモテすぎ問題〟という、個人的に情緒をかき乱される話題がありまして……。

　僕のペンネームがですね、栗ノ原草介なんですよ。――で、ここ最近、たくさん出てきたんですよ。作品のなかに、そうすけの名を持つものたちが。たとえば、雨森たきび先生著『負けヒロインが多すぎる』の〝袴田草介〟。平坂読先生著『変人のサラダボウル』の〝鏑矢惣助〟。別に、それはいいんです。同じ〝そうすけ〟が出てきて、ちょっと嬉しかったりもします。じゃあ、何がダメなのか。

　――コイツら、めっちゃモテるんです！

　袴田草介も、鏑矢惣助も、モテ期の確変に入ったんじゃないかっていう状態で。

　そしてマジ付きにも、宗助《そうすけ》君がいらっしゃいまして。まあ例にもれず、モテ散らかしているわけです。いろんな作品でいろんな〝ソウスケ〟がモテ男として猛威を振るっているというのに、栗ノ原草介ときたら！　俺のモテ期はいつなんだ？　モテた覚えが全くない!!

もしも恋愛の神様に会えたら、じっくり問い詰めてやりたいところです。

祝
ノベル
「マジで付き合う15分前」発売！
この度はノベル「マジで付き合う15分前」を
手に取って下さりありがとうございます！SNSで
原作マンガを描いているPericoです。
まさかのノベライズの
お話を頂くとは思わず
今日まで半信半疑で
いたんですがどうやら
本当らしくてふるえてます…
短編楽しく描かせて頂きました！
ノベルと一緒に楽しんでもらえたらイイナ～
栗原先生、吉田先生 そして 担当岩浅さん
15分前に関わって下さりありがとうございました!!
Perico

by Perico♥

イラスト：Perico

その年の夏祭りは過去一番の人入りとかで
見事にクラスのみんなとはぐれたのがつい数十分前のこと
もー最低…
スマホのアンテナも死んでるし…
下駄なんかはいたせいで足痛いし…
19:20
最低の夏祭りになっちゃった…
それもこれも
はぁ…

祐希が妙なこと言い出したせい
FamiM
明日の夏祭り
別行動にしよーぜ
うん……？
オレの委員会の友達でさ
岸くんてのがいるんだけど

岸くん？
誰？
夏葉のこと 気になってんだってー
次のお客様
ーで
夏祭り来るらしいから そいつと ちょっと 回ってみたら？
なんで 私が…
興味 ねーの？
あんまり…
よく 知らない 人だし

関係なくね？
よく知っててもオレたち別に付き合ってないじゃん
案外よく知らない方が始まるのかもしれんぞ
恋
ありがとうございました！
そうなのかなぁ…
あれ？

岸くん
夏葉と
回ってたんじゃ
ねーの？
いや
それが
祐希
さっき
神輿が通った時
はぐれてー…
知り
すぎると
知りたいって
気持ちが
無くなって
その先の
恋とか愛とか

薄らいで消えてしまったりするのかなぁ
あっいた!
夏葉!!

なんだお前
ブツブツ
言ってたくせに
案外気合
入ってんじゃん
浴衣
え
なに
泣いてん
の？
迷子？
ず…
うるさい
なぁ…
靴ずれして
足痛いんだよ
……
あー…

背中乗ってく?
今日だけは特別に無料で家まで送ってやるぞ
……
なーんて…

…乗る
送って
幼なじみ
だからって
私のこと全部
知った気になんて
ならないで

まだまだ
きっと
知らない顔が
お互い
沢山ある

や…
やっぱ降りて…
？なんで？
同じようで変わってく
なんでも！
…袖なら持っていいから
ふたり高校最後の夏の夜

イラスト：Perico

十数年来の幼なじみと
付き合うことになった。
エモきゅんラブコメ
完結!!
マジで付き合う15分前
Majide Tsukiau 15 minutes ago
電子版
52万
ダウンロード
突破!!!
SNSで話題沸騰!!
幼なじみラブコミック

PeriComic
ペリコミック
…らくがきタイムって何分?
めちゃくちゃカップルぽい…!!
空気が
多分3分くらい……
3分か……
ちゃんと付き合ってるから
そこんとこヨロシク!!
ふたりがちょっとだけ「マジ」になる15分を眺める
ドキドキエモーショナルコミック!!
最終巻
描きおろし「2人きりお泊り編」も収録!
マジで付き合う15分前
Perico
「マジで付き合う15分前」
電子版 全⑥巻（完結）大好評配信中

ガガガ文庫4月刊

シスターと触手 邪眼の聖女と不適切な魔女

著／川岸殴魚《かわぎしおうぎょ》

イラスト／七原冬雪《ななはらふゆき》

あやしく微笑むシスター・ソフィアのキスで覚醒する少年シオンの最強の能力、それは『触手召喚』だった！　そんなの絶対、嫌だ！　己の欲望を解放し、正教会の支配から世界をも解放するインモラル英雄ファンタジー！

ISBN978-4-09-453188-6（ガか5-35）　定価858円（税込）

スクール＝パラベラム2 最強の傭兵クハラは如何にして学園一の美少女を怪獣に仕立てあげたか

著／水田《みずた》 陽《あきら》

イラスト／黒井《くろい》ススム

おいおい。いくら俺が〈普通の学生〉を謳歌する〈万能の傭兵〉とはいえ、本気の有馬風香——あの激ヤバモンスターには勝てないぞ？　テロと陰謀の銃弾が飛び交う学園の一大イベントを、可愛すぎる大怪獣がなぎ倒す！

ISBN978-4-09-453187-9（ガみ14-5）　定価836円（税込）

帝国第11前線基地魔導図書館、ただいま開館中2 王国研修出向

著／佐伯庸介《さえきようすけ》

イラスト／きんし

「出向ですわ♡」「嫌すぎますわ♡」皇女の指令により「王国」の図書館指導と魔導司書研修に赴いたカリアは、陰謀に巻き込まれ——出向先でも大暴れの魔導書ファンタジー！

ISBN978-4-09-453181-7（ガさ14-2）　定価836円（税込）

ノベライズ

マジで付き合う15分前 小説版

著／栗ノ原草介《くりのはらそうすけ》

イラスト／ Perico《ペリコ》・吉田《よしだ》ばな　原作／ Perico《ペリコ》

十数年来の幼なじみが、付き合いはじめたら——。祐希と夏葉、二人のやりとりがあまりに尊いと話題沸騰！　SNS発、エモきゅんラブコミックまさかの小説化！

ISBN978-4-09-453174-9（ガく2-10）　定価792円（税込）

ガガガブックスf

お針子令嬢と氷の伯爵の白い結婚

著／岩上《いわかみ》 翠《すい》

イラスト／サザメ漬《づ》け

無能なお針子令嬢サラと、冷徹と噂の伯爵アレクシスが交わした白い結婚。偽りの関係は、二人に幸せと平穏をもたらし、本物の愛へと変わる。さらに、サラの刺繍に秘められた力が周囲の人々の運命すら変えていき——。

ISBN978-4-09-461171-7　　　　　定価1,320円（税込）

GAGAGA

ガガガ文庫

マジで付き合う15分前 小説版

栗ノ原草介

発行　2024年4月23日　初版第1刷発行

発行人　鳥光 裕

編集人　星野博規

編集　岩浅健太郎

発行所　株式会社小学館
〒101-8001 東京都千代田区一ツ橋2-3-1
[編集]03-3230-9343　[販売]03-5281-3556

カバー印刷　株式会社美松堂

印刷・製本　図書印刷株式会社

Printed in Japan ISBN978-4-09-453174-9

第19回小学館ライトノベル大賞 応募要項!!!!!!!!!!!!!!!!!!!!!!!!!!!!!

ゲスト審査員は田口智久氏!!!!!!!!!!!!
(アニメーション監督、脚本家。映画『夏へのトンネル、さよならの出口』監督)

大賞：200万円＆デビュー確約
ガガガ賞：100万円＆デビュー確約
優秀賞：50万円＆デビュー確約
審査員特別賞：50万円＆デビュー確約
スーパーヒーローコミックス原作賞：30万円＆コミック化確約
(てれびくん編集部主催)

第一次審査通過者全員に、評価シート＆寸評をお送りします

内容 ビジュアルが付くことを意識した、エンターテインメント小説であること。ファンタジー、ミステリー、恋愛、ＳＦなどジャンルは不問。商業的に未発表作品であること。
(同人誌や営利目的でない個人のWEB上での作品掲載は可。その場合は同人誌名またはサイト名を明記のこと)

選考 ガガガ文庫編集部＋ゲスト審査員 田口智久
(スーパーヒーローコミックス原作賞はてれびくん編集部による選考)

資格 プロ・アマ・年齢不問

原稿枚数 ワープロ原稿の規定書式【1枚に42字×34行、縦書き】で、70〜150枚。

締め切り 2024年9月末日 ※日付変更までにアップロード完了。

発表 2025年3月刊『ガ報』、及びガガガ文庫公式WEBサイト GAGAGA WIREにて

応募方法 ガガガ文庫公式WEBサイト GAGAGA WIREの小学館ライトノベル大賞ページから専用の作品投稿フォームにアクセス、必要情報を入力の上、ご応募ください。
※データ形式は、テキスト(txt)、ワード(doc、docx)のみとなります。
※同一回の応募において、改稿版を含め同じ作品は一度しか投稿できません。よく推敲の上、アップロードください。
※締切り直前はサーバーが混み合う可能性があります。余裕をもった投稿をお願いします。

注意 ○応募作品は返却致しません。○選考に関するお問い合わせには応じられません。○二重投稿作品はいっさい受け付けません。○受賞作品の出版権及び映像化、コミック化、ゲーム化などの二次使用権はすべて小学館に帰属します。別途、規定の印税をお支払いいたします。○応募された方の個人情報は、本大賞以外の目的に利用することはありません。